罪の余白

芦沢 央

川文庫
9118

目次

プロローグ

裸足《はだし》の指で、かさついたコンクリートの縁《へり》を強くつかむ。白くなった指先の奥に遠く離れた地面が見えて、慌てて目を伏せた。コンクリートの灰色と、焦点がぼやけたグラウンドの緑。顎《あご》の先から滴った汗が、音もなく、長く、長く、吸い込まれていく。

膝《ひざ》が留め金を外したようにがくりと折れ、肩にかかっていたはずの髪がふわりと浮くのがわかった。

最初に思ったのは、ただ、落ちる、ということだけだった。

――落ちる、落ちてしまう。

空気が押しとどめようとするかのように内臓を持ち上げる。足の裏からコンクリートが剝《は》がれていく。

どうしよう、お父さん、わたし、死んでしまう。

三階の教室が逆さまに見えて、窓の奥で奥歯を見せて笑う見知らぬ顔が妙にくっきりと目に焼きついた。その隣でスナック菓子を頰張る女生徒のショートボブの襟足が小さく跳ねているのを眺める余裕すらあって、こういうときにスローモーションに見えるというのは本当なんだ、と他人事《ひとごと》のように思う。

お母さんも、こんな気持ちがしたんだろうか。もう引き返せない場所まで来てしまったとき。自分でも、ここから戻れることはないのだとどうしようもなくわかってしまったとき。

お母さんは、何を考えたんだろう。何を見たんだろう。

ああ、お父さんが泣いている。ごめんね、お父さん——違う、これはお母さんが死んだときの顔だ。

わかった途端、胸が痛いほどに苦しくなる。わたしは、また、お父さんを泣かせてしまう。

今日はどうだった。楽しかったか？

使い込まれた土鍋《どなべ》を間に挟んで、お父さんが笑う。

わたしが寝てからも仕事をして、なのに朝起きるといつも朝ごはんができていた。大変じゃなかったわけがない。だけどお父さんは毎日、わたしの話を聞こうとしてくれた。

わたしのことを何よりも大事だと、わたしがいるから生きていけるんだと言ってくれていたお父さん。わたしが死んだら、お父さんはどうなってしまうんだろう。

今なら、わかる。
わたしはやっぱり、正気じゃなかった。きっと、いくらでも引き返す道があった。
だけどもう、ああ、間に合わない。

第一章

1

――九月九日十三時二分　安藤《あんどう》聡《さとし》

高速を降りて窓を開けると、べたつく潮の匂いが濃さを増した。

加奈《かな》の細く艶《つや》やかな黒髪が風にたなびき、毛先がガラスを滑るように叩《たた》く。

「ねえ、お父さん、あとどのくらい？」

「だからさっき行っておけって言っただろう」

安藤は、アクセルを強く踏み込みながらメガネのブリッジを人さし指で押し上げた。

トイレはいいのか、と訊《き》いたのは二十分ほど前、パーキングエリアまで一キロほどのタイミングだった。重たそうなまぶたを開きもせず、だいじょうぶ、とだけ答えてまた眠ってしまった加奈が、お父さんトイレ、と言い出したのは、ちょうどパーキングエリアを過ぎた数分後。慌てて見回したところでパーキングエリアの標識はもちろん出口もない。

この先、ループコイルです。無機質に言い放つナビの音声に顔をしかめながら距離を稼ぎ、ようやく出口を示す標識が現れた頃には、加奈は土気色を通り越して真っ白な顔をしていた。

「だって、さっきは行きたくなかったんだもん」

加奈は薄い唇を前歯で嚙《か》みしめ、「で、お父さんあと何分なの」と繰り返す。安藤は眉根《まゆね》を寄せて小さくうめいた。見渡す限り、草むらの間にぽつりぽつりと民家があるだけで、店らしい店は見当たらない。

「あと……そうだな、とりあえず一般道に降りたから、あとはコンビニでもレストランでも何でもいいから見つけたら入ろう。加奈もちゃんと見ておけよ」

「うん」

「あ、右側は無理だからな。左側を探せ」

「わかってるよ、そのくらい」

加奈がすねた口調で言う。道の流れを確認してからちらりと横目で見やると、加奈は背もたれに肩を押しつけて腰を軽く浮かせていた。振動が伝わらないようにしているのだろう。安藤は口元を緩ませて、しょうがないなあ、とつぶやく。

「いざとなったらその辺でしちゃったらどうだ。どうせ人も車もほとんどないし、お父さんは車の中にいてやるから」

安藤がなかば本気で言うと、加奈は「ぜったい嫌。ありえない」と唇を尖《とが》らせた。

安藤は視線を前方に走らせながらこめかみを掻《か》く。

「大丈夫だって。お父さんはやったことあるぞ」

「最低」

加奈は一蹴《いっしゅう》して髪をかき上げ、はあ、と短くため息をついた。妙に大人びたしぐさに、安藤はハッとする。

「男の人はそういうの平気なのかもしれないけど、女は違うの」

続けられた言葉に息を詰め、それから意識的に乾いた笑いを吐き出した。

「そうだよなあ」

加奈が母親を、安藤が妻を亡くしたのは、今から八年前のことだ。加奈が八歳の頃、二年半にわたる闘病の末の病死だった。

加奈は、真理子《まりこ》が当日になって体調を崩して授業参観に参加できなくなっても、加奈が主役に抜擢《ばってき》された学芸会に行けなくなっても、不満を表に出すことはなかった。

お母さん、だいじょうぶ？　そんな顔しないで。わたしは平気だから。がんばってくるから、お母さんもがんばって休むんだよ？　わたしの仕事が大きくなることなら、お母さんの仕事はちゃんと休むこと。勝手に起きてごはんとか作ったらダメだからね。

ませた口調で言って母親の細く筋張った指を両手で握る加奈が、けれどその直前まで泣いていたことを、安藤は知っていた。声を上げずにぽろぽろと涙だけを流しながら、お父さん、お母さんには言わないでね、絶対言わないでね、と必死に繰り返していた加奈は、がんの痛みと抗がん剤の副作用にもほとんど弱音を吐かなかった真理子によく似ていた。

「男だからっていうか、お父さんが特に大ざっぱなんじゃない？」

加奈が少し慌てたように続けた。

「カップ焼きそばのお湯捨てないで食べちゃうくらいだし」

いたずらっぽく目を細める。

「それは昔の話だろ」

安藤は首をすくめてみせながら、突然水をかけられたように鼻の奥が鋭く痛むのに耐えた。加奈が男と女という区別を撤回したことの意味がわかったからだ。

――優しい子なのだ。加奈は。

男手一つ、きちんと育てられたという自信はまったくない。けれど、加奈はこんなにも、人の心を思いやれる子に育ってくれた。安藤はそれが、本当にありがたかった。

「あ」

加奈が弾んだ声を上げる。

「あった！」

加奈の指の先に視線を向けると、都内では見たこともない、どう見ても二十四時間営業ではなさそうな小さなコンビニがあった。黄緑色の看板の脇に車を停めると、停まりきらないうちに、加奈が転がるように飛び出していく。

「ちゃんと店員さんに声かけるんだぞ！」

加奈は聞こえていないのかもはや安藤の声に応《こた》える余裕もないのか、そのまま店内に駆け込んでいった。すみません、トイレ貸してください！　自動ドアの奥から聞こえた切羽詰まった声に、安藤は頬をほころばせた。


紅、白、ロイヤルブルー、黒、紺、紫、エメラルドグリーン——水槽の隅でヒレをすぼめてうずくまっていた灰褐色の身体が、まるで戦闘ものの変身シーンのように一瞬にして鮮やかな彩りで輝き始めるのは、何度見ても圧巻だ。

尾ビレと背ビレが扇状に広がり、五センチほどの小さな魚が数倍もの大きさになる。薄い真紅のフレアスカートがフラメンコの衣装のように柔らかくはためき、秘められていた胴の青が露《あら》わになる。

だが、見る者に美しさしか感じさせない無音の光景は、指先にまで神経を行き渡らせた踊り子の晴れやかな発表会ではない。生と死を賭《か》けた渾身《こんしん》の戦い、太古から刻まれてきた厳格な儀式だ。

〈ベタ（闘魚）〉と書かれたプレートの横には、小さな水槽が二つ並んでいる。同種の生き物を一個体ごとにわざわざ別の水槽に入れているのは、一通り見て回るのに二時間はかかるこの水族館でもここだけだ。

ヒレが長く華やかで、水面に泡の巣を作っているのが雄、ヒレの長さが雄の半分程度で、側面に横縞《よこじま》模様と卵が透けて見えるのが雌だ。観賞者には一目でわかる違いが、けれど彼らにはわからない。向き合ったあとの展開が交尾に至る円舞になるか、生死を分かつ血みどろの乱舞になるか。だからこそ彼らはまず一様に威圧行動を取り、相手の反応を見極める。恥じらいがちにヒレをすぼめて踵《きびす》を返すなら雌だが、この場合交尾はかなわない。了解の場合はそっと尾を伸ばし、優美な円舞を始めるからだ。激しい誇示の乱舞を返してくるようであれば、相手は雄。戦いの始まりだ。

水槽の前には、口を半開きにして見入る加奈の他に、はしゃぎながら携帯を向けるカップルが一組、大仰なカメラを構えてニヤニヤと笑う若い男性三人組がいる。〈十四時からお見合いをします。フラッシュ撮影はご遠慮ください（状況により、途中で中止することもあります）〉と書かれた、ＰＲなのか無愛想なのかわからない看板にまでカメラを向けている彼らは、いわゆるマニアというやつだろう。ベタには熱狂的なファンが多い。美しさを強化するための品種改良を加えたショーベタを飼育し、コンテストへ出したり動画をインターネット上で公開したりして趣味を披露する彼らは、自宅に同種の魚がいようとも、足繁く水族館に通ってくるという。

そう言えば、今日ここでベタ同士の「お見合い」をするという情報は隣の研究室の小沢早苗《おざわさなえ》から聞いた話だったが、彼女といい、この三人組といい、どうやってこんな小さな情報を手に入れてくるのだろうか。安藤は加奈の横で腰を屈める。

めでたくお見合いが成功したのか、雌雄は透明のガラス越しに視線と舞踊を交わしている。飼育員の手により間の仕切り板が外されると、突然の水の動きに驚きながらもやがて柔らかな円舞を始めた。

「何だ、闘いって言っても意外と地味なんだな」

企画の趣旨をわかっていないらしいカップルの男の方が不満そうに口を尖らせて水槽を離れ、女は「えー綺麗《きれい》じゃーん」と言いながらもついていく。そして薄暗い水槽の前には、おそらくこの「お見合い」を目当てに水族館を訪れたであろう五人が残された。

雌が泡巣の下へ進んで腹部を上へ向けると、雄は長いヒレで包み込むように雌を抱き寄せる。交尾というより介抱するような体勢が十数秒続き、雄が離れると同時に雌の身体からパラパラと卵が落ちてくる。腹を下に戻し、放心したように身じろぎもせず浮かんでいる雌の横で、雄は沈んでいく卵を慌ただしく口で捕まえ、巣へと運んでいく。

「お父さん」

加奈が雌を指さし、険しい顔で振り向いた。

「ねえ、この子死んじゃったの？」

一歩下がって見ていた安藤はふっと息を漏らし、加奈の隣にしゃがみ込む。

「大丈夫、ほら、引っくり返って浮いているわけじゃないだろう？」

「でも全然動かない……」

頬を強張《こわば》らせたままの加奈に、安藤は微笑んだ。

「平気だって。見てな、また元気になるから」

加奈は素直にうなずき、水槽に向き直る。安藤は両膝《りょうひざ》に手をつき、弾みをつけて立ち上がった。雄の動きに合わせて左右に揺れる加奈のつむじを見下ろしながら、当時まだ助教授だった早苗のベタを真理子と見たことを思い出す。


話の始まりは、二十九歳にして助教授に就任した早苗の祝賀会だった。

――それでは早苗さん、ご挨拶《あいさつ》をお願いします。

司会役の助手に促されて立ち上がった早苗は、ご挨拶、と小さくつぶやいてから姿勢よく前を見据えて言った。

――こんばんは。

安藤は会釈で応え、視線を持ち上げて話を待った。だが、彼女はそれきり口を開こうとしない。緊張しているのだろうか、と怪訝《けげん》に思いかけたところで司会者が苦笑して言い添えた。

――早苗さん、自己紹介も。

ああ、と早苗が平板な声で言った。

――それもですか。

笑うところだろうかと思いながらも笑うことができなかったのは、早苗が完全な無表情だったからだ。瞬《まばた》きもせず、不快感をにじませているかにも見える冷たい目線を宙に固定させ、必要以上に開かない小さな口で淡々と話す早苗は、若く顔立ちが整っていることもあり精巧なロボットに見えた。

一拍おいて笑い声が上がり、あ、笑ってよかったのか、と驚く。早苗くんは変わらないなあ、と彼女の在学時からの担当教官であるという小沢浩志《ひろし》教授が愉快そうにうなずき、あ、変わらないのか、と安藤は詰めていた息を吐いた。

――小沢早苗です。小沢教授とは血縁関係はありません。対人関係が苦手で心理学を志しましたが、やはりまだ人の感情を汲《く》み取ることが上手《うま》くできずにおります。幼児期のトラウマなどの原因は特に見当たりませんし、両親はごく普通のサラリーマンで、表情豊かな妹もおり、脳機能検査は陰性でした。現在関心のある研究課題は、「意思決定スタイルと感情の時間的変化」です。失礼を申し上げてしまうことも多々あるかと思いますが、温かく見守っていただけますと幸いです。ご指導ご鞭撻《べんたつ》のほど、よろしくお願い申し上げます。

指示された文章を一気に読んでしまおうとするかのような滑らかすぎる口調に、安藤は面食らう。早苗のことを知らないのは、半年前に他大学から転籍して三十三歳にしてようやく講師になれたばかりの安藤だけのようで、他の誰もが不器用な雛鳥《ひなどり》を見守る親鳥のような目を彼女に向けていた。

形式だけの自己紹介が回り、安藤の順番になったところで早苗の目が真っ直ぐに安藤の双眸《そうぼう》を射貫いた。その異様な圧迫感に、安藤はたじろぐ。一瞬遅れて、目だけを見られ続けているからだ、と気づいた。普通の人は、話すとき相手の目と口元を交互に見る。おそらく無意識に、自然に。早苗にはそうした揺らぎのようなものがなかった。早苗さん、早苗さん、安藤は視線をそらして口の中で数回転がし、いきなり下の名前で呼ぶ違和感に耐えながら口を開いた。

――安藤聡、専門は動物行動心理学です。僕はまだこちらの大学に来たばかりなので、そうした意味では早苗さんの方が先輩かもしれません。こちらこそいろいろ教えてもらえたら嬉《うれ》しいです。よろしくお願いします。

飲み会が始まってからしばらくして、早苗が隣にやってきた。ご挨拶が遅れてすみません、と生真面目に言いながらビール瓶を差し出す。あ、どうも、安藤は慌てて中身を飲み干し、グラスを掲げた。あ、ありがとうこの辺で。縁《ふち》まで入れようとするのを手のひらで制すが、早苗は止めようとしない。え、安藤は思わず声を漏らしてから早苗の持ったビール瓶をつかんだ。当然の流れとして返杯をしようとして、いえ、と真顔で遮られる。

――アルコールは飲めません。

頑《かたく》なな表現にほんの少しムッとした。安藤も、決して酒が強いわけではない。けれどつき合いで飲むのも仕事だと考えていた。飲み会のあと、道端で吐き、帰りのタクシーの中でも吐いてしまって、八千円の道のりに二万円払わされたこともある。おそらく早苗は本当にアルコール分解酵素を二つとも持っていない体質なのだろうが、少しも悪びれもしない態度には引っかかった。

押し黙った安藤に構わず、早苗は「乾杯」と言ってウーロン茶らしき茶色い液体が入ったコップを掲げる。安藤は早苗から目をそらし、グラスを当てながら口元を歪《ゆが》めた。

――早苗さんは、ロボットみたいですね。

既に酔いが回っていたこともあるだろう。だが、対人関係が苦手なために心理学にのめり込んだという早苗が一番言われたくないだろう言葉を敢《あ》えて口にした心の底に醜い嫉妬《しっと》があったことも否めない。不器用な女性だというだけで酒を飲まなくても許されてしまうキャラクター、出身大学で気心の知れた教授に囲まれ、何をしても早苗くんらしいと笑ってもらえる立ち位置、ほぼ最短で助教授、しかも今年五十四歳になる小沢教授の下に入り、順当に行けば三十五歳で教授になれるというゴールデンコース。率直に言って羨《うらや》ましかったし、少しは嫌な気持ちになればいい、という暗い感情があったのも事実だ。

だが、早苗は気分を害した風もなく、神妙にうなずいた。

——ええ、むしろロボットであればよくできていると言ってもらえたんでしょうが。

その瞬間、そうか、と喉《のど》の奥で凝っていた何かがするりと溶けていくのがわかった。

ああ、そうか、この人は本当に不器用なのか。

敵意を剥《む》き出しにした自分が恥ずかしくなった。取り繕うような気持ちで早苗が書いた論文の感想を述べると、早苗はスイッチが入ったように研究内容について語り始めた。そこからは楽しかった。安藤が取り組んでいる研究の進行具合、最近アメリカで発表されたギャンブル行動に関する論文について、安藤の妻子の話……表情が拙《つたな》く話し方が硬いことを加味しても、早苗は充分に魅力的な話し相手だった。とにかく関心があることへの造詣が深いのだ。

その中で出たのが、早苗がベタを飼っている、という話だった。

ベタの習性や種類について、まるで図鑑を読み上げるかのように詳細に説明していく早苗は生き生きしていて、好きな電車や昆虫、戦隊もののヒーローについて熱く語る少年さながらに心の底から楽しそうに見えた。

翌日、真理子の面会中にベタの話をしたのは、だからだったように思う。研究に関する難解な話や教授陣の派閥を巡る気が滅入《めい》るような話ではなく、何かを好きだと思う真っ直ぐなパワーに満ちた話を伝えたかった。

楽しい人ねえ、と目元をほころばせた真理子は、いいなあ、と幼い子どものような口調で続けた。そんなに綺麗《きれい》なんだったらわたしも見てみたいなあ。

さらに翌日、早苗に真理子の言葉を伝えると、早苗は瞬く間にベタの観賞ポイントをまとめた資料を作成し、自分が飼っているベタの写真を大量に印刷してきた。

——今日、私も病院までご一緒してもよろしいでしょうか。

突然の申し出に戸惑う間もなく、早苗は本当に病院までついてきた。ベタが泳ぐ水槽を両腕に抱えて。

——それ、どうしたんですか?

安藤が思わず尋ねると、早苗は当然のことを口にするような口調で「四限目が空きでしたので取りに帰ってきました」と答えた。

――奥様がご覧になりたいというお話でしたので。

元より社交辞令のつもりはなかったが、それでも彼女が自分の言葉を混じり気のない本気の言葉として受け取っていたことには驚いた。そして、それをすぐさま実行に移す熱意と行動力にも。

――わざわざすみません。

――それは、何に対する謝罪ですか？

早苗は怪訝そうに首を傾げる。「いや、ありがとうございます」と言い直すと、「どういたしまして」とうなずき、水槽に驚く周囲の視線には気づいてもいないように堂々とエレベータに乗り込んで行った。

生まれて初めてベタを目にした真理子は「わあ」と声を弾ませ、その頃では珍しく頬を紅潮させて水槽を覗《のぞ》き込んだ。

――すごい、本当に綺麗。

そこで言葉を失ったように黙り込む。早苗も何も言わずに水槽を見つめ続け、沈黙が流れた。けれどそれは決して気詰まりなものではなかった。狭く閉ざされた水槽の中で、緩やかに、そして時折痙攣《けいれん》するように忙《せわ》しなく色鮮やかなヒレをはためかせ続ける一匹の魚。ひと時も止まることのない動きを目で追い続けていると時間の感覚が曖昧《あいまい》になり、心が静まっていくのがわかった。三人で並んで水槽を囲んでいるはずなのに、なぜかたった一人で向かい合っているような錯覚にとらわれる。

ふいに強烈な寂しさを感じた。それは子どもの頃、夕方にうたた寝から目覚めた瞬間の途方に暮れるような心細さによく似ていて、胸が詰まった。慌てて水槽から視線を引き剝《は》がし、真理子を振り向く。真理子、と声をかけようとしたが、上手く声が出なかった。ベタの動きに合わせて左右に振られ続けている真理子の首の細さにどうすればいいのかわからなくなる。

看護師が巡回にやって来て「ちょっと安藤さん！　何を持ち込んでいるんですか！」と声を荒らげたときにはホッとした。「ああ、すみません」と答えた自分の声がきちんと大人の男の声であったことにもホッとして、そんな自分が少し恥ずかしくなったのを覚えている。

雄が最後の卵を巣に運び終える頃、気力を取り戻したらしい雌がするりとひと泳ぎして再び仰向けになった。水底と水面を十何回も往復したはずの雄は、疲れの片鱗《へんりん》も見せずに揚々とその上に覆い被《かぶ》さっていく。

「おー、いい画《え》撮れてるじゃん！」

「そっちは？」

「ばっちりばっちり。ほら、これとかベストショットじゃねえ？」

一通りの撮影を終えたらしい青年たちが、互いのカメラを覗き込んで騒ぎ出した。ここで画面切り替えてアップにしてさ、ああ、いいねえ、曲は何にする？　とりあえずタイトル練りつつ一服しようぜー、などと言いながら出口へ向かう。

俺たちもそろそろ行くか、と声をかけようとして加奈を振り返り、口をつぐんだ。行為のワンサイクルが終わっても、加奈の関心は途切れることなく二匹の魚に向けられている。十三ワット程度の蛍光灯に照らされた頰が、置物のように淡々と光を返していた。

「お母さんもベタが好きだったなあ」

安藤は、深く吸い込んだ息を吐き出すタイミングで言った。つぶやいたつもりが、勢いがついたせいで与えられたセリフのように妙に晴れ晴れと響く。それが安いドラマのワンシーンのようで、安藤は慌てて続けた。

「やっぱり加奈はお母さん似だな」

加奈は答えず、小さな両手を水槽に貼りつかせて動かない。宙に浮いた言葉がリノリウムの床にあっけなく落ち、安藤は耳の後ろを搔《か》いた。この集中力は俺似だろうか。目を微《かす》かに細めながらそっと距離をとる。ひとまず他の水槽をのんびりと巡りながら気が済むのを待つことにしたが、結局、安藤が一周し終わっても、加奈は変わらぬ姿勢でしゃがんでいた。

安藤は一息ついて苦笑する。

「おーい、そろそろ次行くぞー」

加奈はハッと振り向き、すばやく立ち上がってから名残惜しそうにもう一度水槽を見た。

「でも……」

安藤はあくび混じりに肩を回す。

「まだ見るのか？ お父さん、足疲れちゃったよ」

うつむいたまま返事をしない加奈に、入り口のところにあった喫茶店で休憩でもするか、とのんびり続けると、加奈はそうだねと言って意外にあっさりついてきた。

＊

〈あなたが　ドアを出て行くのを見るのが　最後だとわかっていたら
わたしは　あなたを抱きしめて　キスをして
そしてまたもう一度呼び寄せて　抱きしめただろう

あなたが　喜びに満ちた声をあげるのを聞くのが　最後だとわかっていたら
わたしは　その一部始終をビデオにとって
毎日繰り返し見ただろう〉

永遠に失われたものに対する後悔を並べることで今できることに目を向けさせたこの詩は、ある女性が亡くした子どもを偲《しの》んで書いたものだという。

安藤が初めにこの詩を目にしたのは、妻を亡くした直後だった。「余命半年」「もって今月末まで」「いつそのときが来てもおかしくありません」――タイムリミットを区切る医者の言葉から、常に今日が最後の日になるかもしれないと自覚した日々を過ごしてきたが、それでもやはりもう明日《あした》がないという事実の前には後悔を抑え込む手立てはなかった。

声を上げて泣き崩れ、もう二度と同じ思いはしたくないと加奈を抱きしめて最新のビデオカメラを買いに行ったのが八年前――それから月日が経とうと、たとえばくだらないことで口論になった直後には、これが最後になったらという強迫観念にかられてすぐに謝らずにいられなくなった。

だが、それでも安藤には思い出せない。

娘と交わした最後の言葉は何だったか。加奈の最後の願いは何だったか。

かろうじて思い出せたのは、その数日前に二人で訪れた水族館での会話のみで、そこで娘の最後だったかもしれない願いを足が疲れたという理由で却下したことに思い至るだけだった。

第一報が入ったのは、九月十三日十三時十二分。

安藤はチョークの粉を頭からかぶりながら〈本能はどこまで本能なのか〉と板書していた。コーデュロイパンツの尻《しり》を震わせる携帯を学生の目から隠すようにしてそっと取り出し、教卓の下で画面も見ずに電源ボタンを長押ししたのがその直後。それから、講義が終わるまでの四十八分間、安藤はかかってきた電話のことなど思い出しもしなかった。

居眠りをしている学生、机の下で何かを読んでいる学生、熱心にノートを取っているように見せかけて隣の友人と筆談を繰り返している学生——おそらく本気で授業を聞いてくれていた学生もいたのだろうが、安藤の記憶に蘇《よみがえ》るのは、そうではない学生に向けて必死にジャック・ヘイルマンが一九六〇年代に着手したカモメの研究プログラムについて説明していた自分の姿だ。

時計の長針が十二を回り、講義後にやってきた学生の質問に答え、ふと思い出して携帯の電源を入れたのが十四時七分。現在地とカード情報を認証する数秒の起動時間を経て現れた画面に、安藤はぎょっとした。

着信四十八件。

数件の見知らぬ番号に続き、記録できるほぼ限界まで並んだ「公衆電話」の文字は、はっきりと異様だった。初めの数回はわかるとしても、五回も連続してかけて呼び出し音も鳴らなければ、相手は電源を切っているとわかるはずだ。しかも公衆電話だとすれば、電話が留守電に繋《つな》がるごとに十円かかる。それでもかけ続けずにいられない状況とは——胸の内に浮かんだ強い不安を無理やり押し込め、アドレス帳から加奈の番号を呼び出したところで、背後から声がした。

「安藤さん！」

珍しく息を切らして額に玉の汗を浮かべているのは、早苗だった。長い黒髪を頭の後ろで一つに結び、渋いグレーのスーツに小さな黒い鞄《かばん》を抱えている。

「あの、たった今研究室の方に電話があって……」

口早に言いかけた早苗は、安藤の手にした携帯に視線を落とし、口をつぐむ。数瞬の間をおいて、唐突に安藤の腕をつかんだ。

「とにかく急ぎましょう！」

訳もわからず学生の好奇混じりの視線の中を走らされながら、嫌な予感に鼓動が速まる。

何があった？　どこに行く？　尋ねる間も与えられないままに校門を過ぎると、停まっていたタクシーに向けて早苗がすばやく手を挙げた。センサーに反応するように間髪をいれず後部座席のドアが開く。タクシーは信号待ちをしていたのではない、明らかに校門の前で停車していた。安藤は呆然《ぼうぜん》としながらも早苗に背中を押されて車内に転がり込む。

「東豊島《ひがしとしま》総合病院へお願いします」

早苗は低い声で言い、微かに茶色くくすんだ、一目で大学の備品であるとわかるコピー用紙を運転手に渡した。ビョウイン？　一拍遅れて脳内で漢字に変換される。

「病院って……」

「急いでください」

走ったのは数十メートルほどの距離だったはずなのに、脈が静まらなかった。ど、ど、と急《せ》かすようなうねりが胸を叩《たた》く。安藤は握ったままの携帯を見下ろし、ハッとして顔を上げた。

「早苗さん、次の講義が……」

「休講の手続きをしてきました」

瞬時に返ってきた答えに息を吞《の》む。ただごとではない。それだけがわかった。講義を勝手に休講にするほどの出来事なのだ。一体何が――

「ご家族が事故に遭われました。既に東豊島総合病院へ搬送されているそうです」

事故という単語からまず連想したのは、交通事故、という言葉だった。豊島区内に住む家族——加奈と義理の両親が浮かぶ。いや、加奈はまだ授業中のはずだ。

「誰ですか、その電話では名前は言っていましたか」

「……病院で聞いてください」

早苗の表情はいつもと変わらない。だが、話をするとき、いつも圧迫感を与えるほどに相手を直視する早苗が、横顔を見せている。安藤は、身体の中から急速に熱が引いていくのを感じた。誰がどんな事故に遭ったのか、今どんな状態にあるのかまで、おそらく早苗は知っている。

「もう少しスピードが出ませんか」

早苗が助手席に手をかけ、身を乗り出した。

「急いでるんです」

「これ以上はスピード違反で捕まっちゃいますよお」

運転手は困ったように頭を搔《か》きながら、おどけた声を出す。早苗は口を開きかけ、赤みのない唇をきつく閉じると、拳《こぶし》を助手席に叩きつけた。どん、鈍い音に合わない衝撃に運転手と安藤は同時に振り向く。

「ちょっとお客さん、困りますよ」

運転手の声は、今度こそはっきりと不快感を示していた。

「あと何分ですか」

早苗は静かに質問を重ねる。その、何かを抑え込んだような声に、ふいに加奈の声が重なった。——お父さん、あと何分なの。

安藤は携帯を開いた。汗で滑る手をシャツの腹で拭《ふ》き、震える指でボタンを押す。アドレス帳を開くつもりが簡易留守録リスト画面になり、何十件と並んだ公衆電話の文字の上で指先が迷う。電源ボタンを押して待ち受け画面に戻し、今度こそアドレス帳から加奈の番号を呼び出すと、携帯を耳に押し当てた。早苗が弾《はじ》かれたように振り向くのが視界の端に映る。

呼び出し音が二回鳴り、ちらりと早苗に視線を流しかけたところで繋がった。詰めていた息を漏らす。よかった、とりあえず加奈じゃない。

「あ、ごめんまだ授業中か」

「どうして出ないのよぉお！」

遮られたことよりも、常軌を逸した絶叫におののいて咄嗟《とっさ》に携帯を耳から剝《は》がした。それが真理子の母親、義母の声であると気づくのに数秒かかる。どうして加奈の電話にお義母《かあ》さんが——疑問を言葉で認識するより前に、義母が全身を使って息を吸い込む音がはっきりと耳に届いた。

「もうだめだよ間に合わないよぉ、加奈ちゃん死んじゃったよぉお」

意味をなさない呪いのような響きが、安藤の脳裏で反響した。

その後の記憶は、どれも断片的だ。

顔を歪《ゆが》めて口を大きく開きながら、地団駄を踏み続ける義母の動き。

校長というよりは政治家のように見える初老の男性を前に、サイズの合わないスーツを着込んだ父親が落ちた肩を震わせていたこと。

見積書を広げる葬儀屋の腕にはめられた大仰なロレックスの時計盤。

母親がキッチンに向かう後ろ姿。

映画の中に紛れ込んだように現実感のない葬儀で、加奈の写真を抱えて参列者に頭を下げる自分の、薄くなった後頭部。

蛍光灯から下がる紐《ひも》にできた小さな結び目。

見知らぬ便器を前に陰部を支える自分の右手。

不思議なことに音は一切なく、まるで動いている自分を汚れた薄いビニール越しに斜め後ろから見下ろしているような距離感があった。

唯一音声が入っていたのは、警察官が口を動かす映像だった。

――ゲンザイ、ジコとジサツのリョウメンで調べています。

ビデオを巻き戻すように何度も脳内でその映像を繰り返し、事故、自殺、という二つの単語に辿《たど》り着いた。だが、それが何を意味するものなのかはわからないままだった。

わかっていたのは、加奈がもうこの世にいないのだということ。学校の四階から転落した加奈は、植え込みに落ちたために即死ではなかったということ。全身の骨が折れ、木の枝と折れたあばらが喉《のど》と内臓に突き刺さってもなお、意識を手放すことができず、死に至る苦痛に耐えなくてはならなかったということ。

そして、第一報を受けてすぐに駆けつけていれば、せめてもう一度生きている加奈に会えたということ。

何も考えたくなかった。頭を空にして眠り、そのまま目覚めたくなかった。感覚のない手足を順番に動かしてベッドに横たわり、目を閉じる。すると、疲れきっているはずの脳が誤作動のように様々な光景を見せた。

リビングの電話台の脇に、大小二つの背中が浮かぶ。

ぺたりと正座を崩して座りながら肩をいからせている加奈、その隣にしゃがんで電話機を操作している真理子。

「はい、どうぞ」

真理子が受話器を差し出すと、加奈は「あ！」と小さく叫んでから慌てて受話器に飛びつく。

「あ、えーと、ただいまるすにしております。ごようのかたは、えーと、ぴーというはっしんおんのあとに……よろしくおねがいします。ぴ────！」

拙《つたな》い前半と打って変わり、最後だけ吹っ切れたように甲高い声で叫んでから、加奈がはにかむ色を混ぜてくすくすと笑う。

「上手にできたね」

真理子が言うと、加奈は顔を跳ね上げる。勢いよく振り向いた加奈の喜色満面の笑みが、ズームしたように視界に大きく広がる。

「おとうさーん！　るすでんセットできたよー！」

小さな手のひらから、全身を球体に丸めたダンゴムシがぽろぽろとこぼれ落ちる。

「あ、こら！」

加奈がダンゴムシを叱りつけながら慌てて拾おうと右手を伸ばす。すると手の中に集めていた何十匹ものダンゴムシが一斉に地面に転がる。

「ああ！　さいあくだ！」

「最悪って、加奈は大げさだなあ」

同意を求めて振り向くと、真理子が目をしばたたかせてから、ふっと息を漏らす。

「やだ、気づいてなかったの？　あれ、あなたの口癖じゃない」

真理子のシャツの赤い鮮やかな小花柄。その裾《すそ》に力一杯しがみついた加奈の小さな拳。

「おかあさん、どこにまいごになってたの！」

幼い加奈が、潤んだ瞳《ひとみ》を伏せて懸命に怒鳴る。

真理子と顔を見合わせ、堪えきれずに噴き出した。

自分の笑い声が、ビデオカメラの映像のようにやけに大きく響く。加奈の頭をがしがしとかき混ぜる筋張った腕、その隙間から濡《ぬ》れた両目をこする加奈が見え、胸の内に愛しさと安堵がこみ上げる。

ああ、よかった。加奈は戻ってきた――

とめどなく現れる幻影は、ベタの水槽の前で弱い光に照らされる加奈の無表情が映ったところで、いつもぷつりと切れる。

いっそ狂えたら、と何度も思った。けれど、思うたびに自分がまだ正気を手放せないでいることを自覚するだけだった。

加奈がいたから踏ん張れたのだ、と安藤は痛感する。

真理子が残した加奈。

真理子の遺伝子を継ぐ、唯一の子。

これは本能なのだろうか、と麻痺《まひ》した頭で考える。種の保存を第一命題とするDNAに操られた自動的な悲しみなのか。

〈本能はどこまで本能なのか〉

最後の授業で書いた文字が、宙に浮かんで途端にぶれる。

2

――九月十三日七時八分　木場《きば》咲《さき》

「咲、いつまで寝てるの！　もう七時過ぎてるわよ」

一番聞きたくない声で目を覚ますと、一番見たくない顔が目の前にあった。

「しょうがない子ね。もう高校生なのに一人で起きられなくてどうするの」

「うるさいなあ」

目やにをこすり落としながら反射的にそう答えてしまってから、咲はすぐに後悔する。案の定、母親は短く息を吸い込んだ。台本にあるセリフを覚えているうちに早く全部言ってしまおうとするかのように、まくし立てる口調で言う。

「じゃあお母さんが起こしにこなかったらどうなってたの。遅刻でしょう? さっきから何度もアラームが鳴ってたのにそのたびに止めてたのは誰なの。結局あんたはお母さんに甘えてるのよ。どうせお母さんが起こしてくれるって人を頼りにしてるから」

「はいはいすみませんでした」

放っておけばそれこそ遅刻するまで続きそうな母親の言葉を遮り、布団から這《は》い出す。最悪の気分だった。

「何なのその言い方は!」

咲はヒステリックに叫ぶ母親に背を向け、唐突にパジャマのボタンを外し始める。

「咲」

母親は何事かを続けかけ、この場面では自分のセリフがないことに気づいた役者のように口をつぐんだ。母親は、このところ咲が目の前で着替え始めると一瞬たじろぐ。子どもの頃のように当然の顔で娘の裸を見てしまってもいいものか迷っているのが、咲にはわかっていた。

咲はわざと露《あら》わにした胸を母親に向ける。母親は咄嗟《とっさ》に目をそらし、目をそらしたことに意味づけをしようとするかのように「顔も洗わないで着替えるなんてだらしない」と吐き捨てながら部屋をそそくさと出て行った。

形よく膨らんだ大きな乳房、しっかりとくびれた腰、むだ毛の処理を欠かさない滑らかな肌——それらは既に母親が失ってしまった財産だと、咲は知っている。だから、見せつける。ねえ、お母さん。綺麗《きれい》でしょう？　まだまだ子どもだと思っているようだけど、私はもう、子どもじゃない。

階段を下りていく母親の足音を聞きながら、咲は唇の端を歪《ゆが》めるように吊《つ》り上げる。上半身を冷えた空気にさらしたまま鏡の前に立った。鏡の中に映る、胸の下まである栗色の長い髪を身体の前に垂らした女が、映画の登場人物のように見えた。主人公が何か重大なことを決意するシーンだ。

咲はお腹に段ができないように気をつけながら背中を屈め、下着を身につけた。糊《のり》のきいたシャツに腕を通し、ボタンを留め、チェックのプリーツスカートを丁寧に折り込んで長さを調節する。リボンを結んで上からベージュのニットを羽織り、肘《ひじ》のところまでまくり上げてシャツの袖《そで》を整えた。鞄《かばん》からiPhoneを取り出し、垂れたイヤホンをたぐり寄せて耳の奥に差し込む。最近話題になった泣ける映画の主題歌を流し、スカートのポケットに本体を突っ込んだ。叙情的なイントロが始まり、主演を務めた紺野梨花《こんのりか》の拙い歌声が感動をあおるように響く。

咲はベッドの端に腰かけてポーチを広げ、手鏡を顔にかざして慎重に眉毛《まゆげ》を描き足しながら、カメラの視線を強く感じた。

小さな部屋で朝の支度を進めるヒロイン。大きな事件を経て、たくさん傷ついてその分何かを手に入れて、一回り成長した少女がまた変わらない日常に戻るラストシーン。気合いを入れていくようなこの儀式には、そんな深い意味がある。咲はスクリーンに映るメイク中の自分の表情を意識しながら、軽く微笑んでみせる。

ブラシとビューラーをポーチにしまい、鞄を片手に部屋を出た。トイレを目にして尿意を覚えたが、この流れにトイレのシーンは必要ない。鞄を肩にかけてリズミカルに階段を降りていく。

そのまま出発しようと玄関にかがみ込んだところで、母親がひょいと顔を出した。

「咲、さっさと朝ごはん食べちゃいなさい。本当に間に合わないわよ」

「いらない」

咲はいいシーンに水を差されたことに苛立《いらだ》ち、短く吐き捨てる。大げさにため息をついて音楽を止め、ついでに母親の脇を通ってトイレに向かった。用を済ませて手を洗い、菜箸《さいばし》を持ったままの母親を視界から追い出すためにうつむきながら玄関へ戻る。

背後から尖《とが》った声が追ってきた。

「ちょっと咲、待ちなさい！」

構わず靴を履いて鞄を手に取ると、母親は慌ててキッチンに向かい、ふくよかな胸に弁当箱を抱えてくる。

「もう、やっぱり忘れてるじゃないの。いつも言ってるでしょう、テーブルの前を通るときに鞄に入れちゃいなさいって」

すぐそこのキッチンへ往復しただけなのに息を切らしている母親から弁当を引ったくって家を出る。外れかけたイヤホンを耳の奥へ押し込み、曲を初めからかけ直した。

香ばしさを含んだ初秋の空気の中を背筋を伸ばして颯爽《さっそう》と進みながら、咲はすれ違う二人組の男子高校生の視線が自分を追うのを感じた。ポケットに入れた指先をすっと滑らせ、音量を最小化する。

——あーたしかに。どこ高かな？

一人が言うのが聞こえた。その前にもう一方の男が言ったであろう言葉は想像がつく。おそらく、あの子かわいくねえ？　だ。

咲は小さな頃から、かわいいと言われることには慣れていた。

キッズモデルになれるんじゃないか、いや子役デビューもありかもしれない、とにかくこのまま普通の子として生きていくなんてもったいない——親戚《しんせき》や母親の友人に限らず、近所の人や通りすがりの他人に言われることも少なくなかった。

咲自身はいつから芸能界に興味を持ち始めたのかは覚えていない。物心がついた頃には芸能界に入りたいというよりも自分は入るべき人間なのだという認識があったように思う。

実際、周りの友達を見回しても自分が一番かわいくてスタイルもよかったし、テレビに出てくる子役を見ていても、どうしてこんな子が、と思うことの方が多かった。

だが、母親は誰に何を言われても苦笑するばかりで取り合わなかった。

——あんなの社交辞令に決まってるでしょう？　それに小さい頃から芸能界になんか入ったら友達ができなくなるじゃない。忙しくて遊ぶ暇もなくなるし、同じ子役の子たちはライバルになっちゃうし、絶対寂しいわよ。

咲は唖然《あぜん》とした。お母さんはなにを言ってるんだろう？　芸能人になったら、もう今の友だちのいる世界とはちがう世界にいくのに。あの子たちがうらやましいとかさみしいとか思うことはあっても、その逆はないのに。

黙り込んだ咲の頭を撫《な》で、母親は柔らかく微笑んだ。

——普通が一番いいのよ。普通じゃないってことは不幸なことなの。目立てば足を引っ張られるし嫌われる。かわいさなんていつかなくなるけど、勉強して覚えたものはなくならないのよ。きちんと勉強して、いい大学に入って、いい会社に入って、素敵な旦那《だんな》様を見つけるのが女の子の幸せなの。咲はおりこうさんだから大丈夫。

ばかみたい、と咲は吐き捨てるように思った。

咲は小学校高学年になると、いろいろな芸能人のデビューの経緯をインターネットで調べるようになった。

原宿で友達と買い物をしていたらスカウトされた。

大学のミスコンで一位になり、芸能界入りの話が来た。

習い事感覚で養成スクールに通っていたらいつの間にかデビューしていた。

友達につき合って美少女コンテストを受けたら、自分の方がグランプリになってしまった。

あまりにかわいいので地元で評判になり、それを聞きつけた人がスカウトしにきた。

路上ライブをしていたら目をとめられて事務所と契約した。

親が芸能人だった。

姉がファッション誌の読者モデルに勝手に応募して、なりゆきで審査を受けたら合格した——

一番多いパターンはコンテストやオーディションで合格したというものだったが、咲のお気に入りはスカウトだった。自分は芸能界になどまったく興味がなかったのに、たまたま見初められて抜擢《ばってき》されてしまった、という構図が魅力的だったからだ。

コネがあったとか、自分で努力して頑張ってデビューまでこぎつけた、というのは、何だか本物ではないような気がした。本当に芸能人になるべき人間は周りが放っておかないし、何もしなくても勝手に道の方が開けていくはずだ。そして自分はそうあるべき人間だと咲は信じていた。

だが、周囲はかわいい、芸能人みたいだと騒ぐのに、一向にスカウトの話は来なかった。噂が届いていないのかもしれないと思い、仕方なくわざわざ原宿まで行って竹下《たけした》通りをうろついてみたりもしたが、そこでも声はかけられなかった。

咲は焦った。早くしないと歳をとってしまう。今もう既に、同い年の子が何人もテレビで活躍しているというのに。

オーディションの情報を集め始めたのは、中学校に上がってしばらくした頃だった。応募条件を確認し、締め切りを見て、友達に囁《ささや》く。さやかってほんとかわいいよね。ほら、自分じゃ気づいてない。そういうところがいいんだって。友達をその気にさせ、遊び半分で写真を撮り合いっこして、つき合いという形で応募した。

結果は、二人とも合格。さやかも合格したというのが癪《しゃく》だったが、それでも咲は嬉《うれ》しかった。これで、ようやくスタートが切れる。きちんとしたオーディションで合格したとわかれば、お母さんも自分の娘が本当にかわいいのだと気づくに違いない。さやかとの差はデビュー後につければいいと思った。同じ合格でも、私とさやかでは素質が違う。友達につき合ってオーディションを受けたら二人とも合格し、私だけがデビューして人気が出た、というのも悪くない流れだ。

なのに、母親はそこでも首を縦に振らなかった。

——何言ってるの。五十万なんて払えるわけないでしょう。

とりつく島もない母親に、咲は大声を上げて泣きついた。

——だってお母さん、私合格したんだよ。ねえ、すごいでしょう？　何百人とかの人が受けてその中で合格したんだから。それに、デビューしたらいくらでもお金稼げるじゃない。五十万なんてすぐだよ。

——実際に受けたのが何人で何人が合格したの？　あなた、それちゃんと調べた？　どうせ全員合格させてお金をもらおうって腹じゃないの。

——違う！　お金がかかるのは歌とかダンスとかのレッスンのためだって書いてあったもん！　だからもっとちっちゃいときから習わせてくれればよかったのに、お母さんが……

——だいたい、お母さんはオーディション受けるだなんて聞いてないわよ。芸能界なんてダメだって前から言ってるでしょう。

——どうして反対するの。どうしてわかってくれないの。チャンスかもしれないのに。絶対チャンスなのに！

咲は泣き叫び、土下座をし、それでも母親が聞き入れないと知ると父親に泣きついた。けれど父親は困ったように笑い、お母さんがダメだと言ってるんだろう、と言うだけで母親を説得してくれることはなかった。

当時、中学二年生だった咲には、自分だけで五十万円を用意することもスクールと契約することもできなかった。すぐに親にお金を出してもらって契約を済ませたさやかに、私は初めからそんな気なかったから、と笑ってみせるのが精一杯だった。

あのとき契約できていたら、と咲は今でも思わずにはいられない。さやかは結局芽が出なかったけれど、私なら結果は絶対に違っていた。

レンガ作りのハイカラな校舎を見上げながら、咲は無表情で音楽を止めた。


「咲！」

教室に入ると、前から三番目の端に座っていた真帆《まほ》が主人を出迎える犬のように駆け寄ってきた。

えんじ色のセルフレームのメガネとラルフローレンのニットパーカー、デジタルパーマがかかったぱさついた巻き髪を黄色いチェック柄のシュシュでサイドアップにしている。先週、咲がそれかわいいねと褒めて以来、真帆は毎日同じスタイルだ。

「ねえ、今朝のニュース見た？」

真帆が、ニキビの浮いた顔を輝かせて咲に詰め寄ってきた。

「見てないけど、何」

咲は鞄《かばん》を乱暴に机に下ろしながら短く言う。真帆は瞬間迷うように黙ってから、それがね、とわざとらしく声のトーンを下げた。

「池田《いけだ》慎平《しんぺい》と南《みなみ》まなみ、熱愛発覚したらしいよ」

「え？」

顔を上げた咲に気をよくしたのか、調子づいたように続ける。

「もうびっくりじゃない？　ほら、『リサイクル・ラブ』で共演してから仲良くなって、二人でお台場デートしてるとこ見つかったんだって。やだーあたしもシンちゃんとつき合いたいーってか南まじで死んでほしい」

「ああ、真帆好きだもんね、池田慎平」

「だってかっこいいじゃん！　でもほんとがっかり。あんな女が好みだったのかー」

真帆が大げさに身をよじり、机に両手をついてアニメのキャラクターのように不自然な動きでうなだれる。咲は真帆の斜め前の席に腰かけて足を組み、頬杖《ほおづえ》をついた。やっぱりこの子はどれだけ外見や話題を取り繕っても中身はオタクなままなんだなと冷めた頭で考え、小さく鼻を鳴らす。

「てか安易じゃない？　共演したのをきっかけにつき合うとか」

「演技でもあんな顔で好きだとか言われたら誰でもその気になるって！　あーやっぱり南の方が惚《ほ》れ込んでシンちゃん流されちゃったんだろうなあ」

池田慎平は、男性アイドルグループ「ミニッツ5」のメンバーだ。歌手としてデビューし、バラエティーに進出した看板番組で火がついて、ドラマでも主要な役に起用されるようになった五人組。その中で最年少の慎平は一番顔が整っていて、咲のクラスでも特に人気があった。

「逆かもよ？　南まなみかわいいじゃん。慎平の方がその気になったんじゃないの？」

「えーあんな女より咲の方が断然かわいいよ！」

むきになって声を張り上げる真帆に咲は苦笑してみせながら、当たり前じゃないの、とささくれ立った心で考える。あんなブスがどうして芸能界にいられるのかわからない。どうしてあんなかわいくもなく演技も下手な女がのうのうとテレビに出ていて、私がこんなところで噂話に花を咲かせなければならないのか。私がデビューすれば、池田慎平なんか手ひどく振ってやるのに。

「あ、咲ちゃんおはよー」

「おはよう」

咲は、通り過ぎたクラスメートに笑顔を返してから、視線を教室の後方へ流した。

八時十三分。席はほとんど埋まっているが、一番左の後ろから二番目の席には人も鞄もない。

「あいつは？」

咲が顎《あご》をしゃくって言うと、真帆は一気に白けたように口をつぐんだ。目線を後ろに投げ、さあ、とぶっきらぼうに言い放つ。

「何、気になるの？」

「別に」

咲は前に向き直って視界から真帆を締め出した。気になるわけではない。ただ、ふと思い出しただけだ。南まなみと同じアイドルグループの紺野梨花――咲を紺野梨花に似ていると言い始めたのは、入学式直後の五十音順の席で隣になった安藤加奈だった。

――木場さんってすごいかわいい！　紺野梨花に似てるって言われない？

興奮した高い声に吸い寄せられるように、周囲に座っていた生徒たちも、ほんとだ！　似てる！　と騒ぎ始めた。まだグループができる前、お互いの素性も性質もわからない頃だったから、話に加わるきっかけが欲しかったのだろう。咲も無難に照れてみせたが、内心では苛立《いらだ》っていた。

自分が紺野梨花に似ているとは到底思えなかったし、何より既にいるアイドルに似ているということは致命的な気がした。しかも紺野梨花は馬鹿だ。クイズ番組に出ても漢字も書けないし総理大臣の名前も知らない。

思えば、それが加奈を嫌いになった初めのきっかけだったかもしれない。出会った初日に交わした最初の言葉。ああ、そうか。咲は唇に冷笑を浮かべた。——だったら、加奈を好きだった期間はゼロだ。

チャイムが鳴り、HR礼拝の当番が、ブックカバーのついた聖書と讃美歌集《さんびか》を片手に教壇に上がった。彼女は困惑を露《あら》わに教室を見渡す。

「あれ、先生は？」

前の方の席に座った子が、椅子の後ろの脚に体重をかけて前後に揺れながら「さあ」と気のない声を出した。

「勝手に始めちゃっていいんじゃないのー？」

周囲の子たちが適当に答えると、当番の子は頭上の掛け時計を振り仰いでから迷うように讃美歌集を見下ろす。

「……じゃあ、讃美歌九四番の一番から二番」

その言葉を合図に、椅子を引く音が少しずれて重なった。伴奏もなく、さん、はい、というかけ声で斉唱が始まる。

咲はあまりこの曲が好きではなかった。主に、早く来て暗い世界に光を照らし、素晴らしい国を建てて民を救ってくれとひたすら願う歌——共感できるポイントが欠片《かけら》もない。

寂しく切実な旋律が、教室の中を這《は》うように響く。その陰鬱《いんうつ》な音階に紛れ込ませようとするかのようにひっそりと、教室の後ろのドアが薄く開いた。拳《こぶし》一個分の隙間から、ぎょろりと中をうかがう目が見える。咲は動かすことすらしていなかった口を讃美歌集で隠して歪めた。

——安藤加奈だ。

3

——九月十三日十二時三十五分　新海《しんかい》真帆

真帆は黄色いシュシュを口にくわえると、パタパタと手首を振って水滴を飛ばした。四隅に錆《さび》がにじんだ鏡を見上げながら、シュシュを手に取り左の耳の上で結び直す。手のひらに残った水分を髪の表面に擦《こす》りつけ、毛先を人さし指で巻き直して、鏡に映る自分の姿を眺めた。

黄色いチェック柄のシュシュ、３Dカラーで色味を明るくした巻き髪、つるの先がハート形になっているless than humanのメガネ、学校指定のものとは柔らかさも光沢も違う紺色のリボン、四つ葉のクローバーを模したシルバーのネックレス――どれも、咲に見立ててもらったものだ。中学時代には絶対に手に取ろうとすらしなかった、今時のスタイル。

今考えると、中学時代、なぜあんなにもださい格好でいられたのだろうと自分でも不思議で仕方ない。

当時も、自分の格好が野暮ったく垢抜《あかぬ》けないものであることは自覚していた。けれど、変えようという気にもなれなかったのは、自分が出発点からあまりにハンデを背負っているとわかっていたからだ。

引っ詰めておかないと爆発してしまうきつい癖毛、分厚いメガネをかけなければ黒板の文字はおろか周りの人間の顔すら判別できない強い近眼、逆さまつげの小さな一重の目、しゃくれた顎に張ったえら、脚は太く、大きい胸はただ余計に太って見えるだけの邪魔な代物だった。

お世辞にも美人とは言えない顔立ちをメイクでごまかして笑われるのが嫌で眉毛《まゆげ》すら整えず、太い脚を露わにするのを避けて制服のスカートも規定の膝丈《ひざたけ》から変えようとしなかった。

逃げていたのだ、と今ならわかる。

頑張って空回りするのが怖かった。自分だって努力すれば変わるかもしれない、という余地を残しておきたかった。

けれど、そうしてそれまでの十五年間、必死に張り続けてきた予防線に、咲はあっけなく踏み込んできたのだった。

――何もしないなんてもったいないよ。せっかくかわいいのに。

初めは、馬鹿にされているのかと思った。目が大きくて、顔が小さくて、スタイルもよくて、誰がどう見ても生まれたときからかわいかっただろう咲に言われたところで嫌味以外に受け取りようがない。

だが、実際に咲が言うままに服と髪型を変えてメイクをすると、自分でもびっくりするくらい「普通にかわいい」女の子が出来上がった。

――私もこれ、矯正かけてるんだよね。

咲は艶《つや》やかな髪をつまみ上げて笑った。

――元は結構癖があってすぐ跳ねちゃうから。でも、真帆の場合、無理に真っ直ぐにするより逆にパーマかけて癖を上書きした方が合うと思ったんだよね。ね、正解だったでしょう？

咲の言うことは、どれも正しかった。髪を後ろで結ぶと顔のラインが余計強調されるから、脇にボリュームを出した方がいい。脚は隠すより見せた方が細く長く見える。一重には寒色系のアイシャドーとセルフレームのメガネが映える。でも近視用のレンズだと目が小さく見えるから、コンタクトにしてメガネは伊達《だて》の方がいい。胸元は開けてネックレスをするとメリハリがついて長所が際立つ。

咲は繰り返し、かわいいと褒めてくれた。真帆は自分の評価が低すぎだよ。そういうのって他のかわいくない子に失礼だよ？

それはこっちのセリフだよ、と苦笑しながら、それでも純粋に嬉《うれ》しかった。咲のような本当にかわいい子に認められる価値があると知って、生まれて初めて、自分の外見もそう悪くないような気がした。

ただ一つ不満だったのは、咲が加奈のことも同じように褒めたことだ。加奈って顔ちっちゃくてかわいいよね。華奢《きゃしゃ》だし、いろんな服が似合いそうでうらやましい――

咲は優しくて公平なだけだと自分に言い聞かせても悔しかった。あたしは中学のときから咲と一緒なのに、どうして咲は加奈のことも同じように扱うの。堪《こら》えきれず、咲に直接言ってみたこともある。けれど咲は不思議そうに首を傾げ、「差をつけてほしいの？」と訊《き》いてくるのだった。そう正面から問われるとうなずきづらくて「別にそうじゃないけど」と言葉を濁すと、咲は「そう」と柔らかく笑う。「だったら問題ないじゃない」

だけど真帆はずっと、加奈なんていなければいいのにと思ってきた。

加奈がいるから、不安になる。遠足のバスでも、体育の授業でも、咲とペアになれるか、他の人を探さなきゃいけなくなるか、いつも心配し続けなきゃいけない。加奈さえいなければ、咲と二人で安定した関係を築けるのに、と。

咲と初めて同じクラスになったのは、今から一年半前、中学校最後の年だった。

ほんとにかわいい、というのが最初の印象だった。

それまでにも咲の噂はよく耳にしていた。モデルみたいにかわいい。定期テストでは常に学年五位以内に入っているのに授業中はしょっちゅう居眠りをしている。二組の吉田が告って振られたらしい。演劇部ではいつも主役を張っている。でも本人は謙虚で自分が美人だという自覚がない。面倒見がよく、後輩からも慕われている。

どこの漫画の登場人物だよ、と胡散《うさん》臭く思っていた真帆も、実際に同じクラスになって実物を前にすると、噂は真実かもしれないとうなずかざるを得なくなった。

本当にこんな子がいるのかと驚き——でも、そう思っただけだった。明らかに住む世界が違ったからだ。

いつもクラスの中心で、同じく華やかな女の子たちや人気がある男の子たちと喋《しゃべ》っている咲を、うらやましく思ったことがないと言えば嘘になる。だが、自分にはクラスの流行や話題を作っていくようなセンスもノリのよさもないことも、真帆はわかっていた。

目立つ子、ノリがよくて男子に人気がある子、運動部で主要なポジションにいる子が上位に位置するヒエラルキー。真帆はその中の、下から二番目辺りの階層にいた。嫌われているわけでも、いじめられているわけでもない、けれど明らかに軽んじられている位置。

それなりに人数がいるから安定はしているけれど、自分のグループが陰でオタク、きもい、と評されていることを真帆は知っていた。

だから、グループを離れて一人になると、みんな途端に弱くなる。たとえばそれは、授業で班分けをされて他のグループの子たちと一緒に行動しなくてはならないとき。

グループ内ではリーダー的存在で、お気に入りのアニメの二次創作で盛り上がるときはテキパキと役割分担を決めていく子が、面倒な役回りを当然のように押しつけられても何の反論もしない。

フィクションのキャラクターを現実の友人や恋人のように話してはしゃぐときには、自分の意見をまくし立てる子が、何も言わずにじっと話の流れを見守っている。

グループの子たちのそうした姿を目にするたびに、真帆は消え去りたくなった。嫌だ。かっこ悪い。恥ずかしい。

群れることでクラスの端に自分たちだけの居場所を確保するしかないグループの中

で、真帆はどうにか上のグループへ移動する方法がないかと考えた。だけど、漫画研究会に所属している限り、自分に貼られたイメージは払拭《ふっしょく》できそうもない。かと言って、中学一年生の頃から入っていた、それなりに居心地のいい部活をやめる気にはなれなかった。

所詮《しょせん》、一度作られたヒエラルキーが変わることはない。

そうあきらめていた真帆が、確定したはずのヒエラルキーの変化に気づいたのは、夏休み明け、毎年恒例の教育実習生の受け入れが始まってからだった。

真帆たちのクラスの担任についたのは、間宮恭子《まみやきょうこ》という学校のOGだった。現役の大学生であるはずの間宮は、けれど四十代である担任の小西《こにし》と姉妹であると言われても納得してしまいそうなほど老けた外見をしていた。

気弱な柴犬《しばいぬ》を思わせる、端が垂れ下がった太い眉《まゆ》、厚ぼったく塗られた白すぎるファンデーション、肩幅が妙に余った野暮ったいリクルートスーツ。喋り方もおどおどしていて、異様に多い瞬《まばた》きが気味の悪い印象を与えた。

生徒たちはあからさまに落胆した。毎年来るような、綺麗《きれい》で恋愛経験が豊富そうでおしゃれな教生、あるいはかっこよくて面白い兄貴肌の教生を期待していたからだ。

今年の教生、外れだね。ちょー授業下手じゃない？　つーか、生理的に受けつけない。きもい通り越して何か怖《こえ》えよ。正直迷惑だよね、こっちは受験生なのにさあ。あ

―あ、年一回のイベントなのに台無しだよ。

恋愛話を引き出そうにも恋人がいたこともないという間宮は、女子生徒たちの関心を一気に失わせ、憧《あこが》れようもない外見をした彼女を男子生徒たちは一斉に拒絶した。受験をひかえていることへのストレスもあったのだろう。クラスは瞬く間に教生いじめの態勢を整えた。

授業中当てられても返事をしない。板書をしている背中に向かって消しゴムのかすを投げる。間宮がいる前で聞こえるように他の教生の中で誰が「当たり」だったかを話す。

幼稚なやり方ではあったが、効果はあった。間宮は目に見えて顔を強張《こわば》らせ、声を震わせ、さらに挙動が不審になった。それを見て、生徒たちはより一層間宮を侮蔑《ぶべつ》した。

そんな中で、唯一教生いじめに加わらなかったのが咲だった。

そうかな。私、あの人結構好きだけど。

教え方が下手なのは仕方ないでしょ。教生だもん。

あの人の話、面白いよ。本とか映画とか、すごいよく知ってる。

悪口を振られてもそう言って首を傾げ、当てられればきちんと答え、放課後には雑談までしに行く。クラスの流れに公然と逆らう咲は、当然のことながらクラスで浮いた。

「どうしたの咲、空気読みなよー。」

「白けたこと言うんじゃねえよ。おまえ、そんなつまんねえ女だっけ?」

同じグループにいたはずの子たちですらそう言い、直接関わりのなかった子たちはもっとあからさまに非難した。

異性にもてることへの嫉妬《しっと》や、大して勉強している様子もないのに成績がいいことへの苛立《いらだ》ち、中には振られたことへの腹いせもあったかもしれない。咲はあっという間にグループから弾《はじ》き出され、ヒエラルキーの最下部にまで落とされた。

だが、それでも咲は態度を変えなかった。淡々と間宮の授業に耳を傾け、一人で教室を移動し、休み時間には演劇部の台本を読み、放課後になると間宮の元へと通った。顔色一つ変えず、誰かにすがりつきもせず、強がっているそぶりも見せなかった。

結局、先に折れたのは周りの方だった。

内申点が目当てだと考えるには咲の成績がよすぎること、仲間外れにされようが一向に意に介していない様子なこと、何より咲が乗らない流れは盛り上がりに欠けることに気づいた元同じグループの子が、間宮と会っている咲の様子を探るようになり、そこで間宮の父が映画監督であることが発覚したのだ。

「——お父さんが『マイナスゲーム』の監督って本当ですか?」

——じゃあ新藤《しんどう》くんに直接会ってるってこと？

——あの、先生……仲井《なかい》しのぶのサインとか頼めないっすか？

散々間宮を馬鹿にしていたクラスメートたちは手のひらを返したように間宮に群がり始め、それと同時に咲を仲間外れにしていたのもなかったことにされた。

唐突にクラスから弾き出され、唐突に引き戻された咲は、けれどそのことに憤る様子もほっとする様子も見せず、ただみんなが一斉に話を聞きに行くようになったせいで、自分が間宮と喋れなくなったことだけを残念がっているようだった。

真帆が今でも覚えているのは、間宮に色紙を無理やり押しつけたクラスメートと咲のやり取りだ。

——何だよ咲ー。そうならそうと早く言ってよ。咲は誰のサインもらったの？

咲の機嫌を取ろうとするかのように気やすげに肩を叩《たた》いたクラスメートに向かって、咲はきょとんとして答えた。

——別にもらってないよ。私、サインとかあんまり興味ないし。

それ以来、咲は真帆にとって憧れの存在になった。

かっこいい咲。

一人でも平気なのに、周りが放っておけないカリスマ性。

人の評価や意見に振り回されず、きちんと自分の考えで行動できる強さ。

だから咲と同じ高校に合格し、再び咲と同じクラスになり、しかも同じグループになれたとき、真帆は決めたのだ。

咲にだけは幻滅されない子でいようと。


教室に戻ると、咲と加奈が身を寄せ合っている後ろ姿が視界の中央に飛び込んできた。咲が加奈に笑いかける横顔を見た瞬間、ぞっと二の腕の肌が粟立《あわだ》つ。

やっぱりトイレになんか行くんじゃなかった。足元から地面に吸い込まれていくような不安が襲ってきて、いない間に自分の悪口で盛り上がっていたんじゃないか、標的を変えることにしたんじゃないかという強迫観念に足が踏み出せなくなる。何食わぬ顔で輪に戻る自分を懸命に想像し、意識的に頰骨を持ち上げて教室に踏み込んだところで、咲がくるりと振り向いた。

「あ、真帆おかえりー」

トイレに行く前と変わらない声音にほっとして、呪縛《じゅばく》を解かれたように軽くなった足取りで咲の机に向かう。大丈夫、まだ大丈夫。

「何？　何の話してたの？」

椅子に腰を滑らせ、両肘《りょうひじ》をついて身を乗り出すと、咲は横目で加奈をちらりと見た。

「秘密」

どくんと大きく心臓が跳ねる。「え」と口から漏れた声が自分の耳にも強張って聞こえた。だが、次の瞬間、咲が両目を細める。

「嘘だって。ほら、今日返ってきたテスト。加奈負けたじゃない？　だから罰ゲーム何にしようかって相談してたの」

向けられた曇りのない笑顔に、真帆は詰めていた息を吐き出した。

「ああ、あれね。何かいい案出たの？」

言いながら、二人の間に広げられたノートを覗《のぞ》き込む。ページの上部に加奈の字で〈髪を切る〉〈授業中にいきなり歌う〉と書かれ、それぞれ二重線で消されていた。

「自分で考えなよって言ってるんだけど、いいのが思いつかないみたいで、加奈ったら私に訊《き》いてくるんだよね」

咲が、ペンを親指の上で器用に回しながらため息をついてみせる。加奈の肩がびくりと揺れた。

「えー、ダメじゃん自分で考えなきゃー」

真帆は言いながら声が震えないように腹に力を込める。これは、自分が案を出さなければならない流れだろう。だけど、何がいい？　咲が喜ぶこと、加奈が嫌がること――すがるように教室内へ視線を巡らせ、あるクラスメートの上で意識が止まる。今朝、HR礼拝の当番をしていた笹川七緒《ささがわななお》。

そう言えば、今日の讃美歌《さんびか》を歌う時間も七緒の声ばかりが浮いていたなと思い出す。ミッション系とは言っても、少なくとも真帆の知る限りこのクラスにはクリスチャンは七緒しかいなかった。

創律《そうりつ》女子学院高校は偏差値が高く、大学進学率もいい。だが、おそらく勉強にはそれなりに真面目に取り組んできたのであろうクラスメートたちは、こうした場で真面目に歌うことをどこかで恥じている。

そうした空気を読むこともない七緒は、いつも一人でいて、休み時間には机で聖書を読んでいる。みんなから揶揄《やゆ》するようにフルネームで呼ばれ、あだ名をつけてくれる友達もいない。――そんなに天国に行きたきゃ死ねばいいのにね。咲が以前冗談交じりに言っていた言葉を思い出し、真帆はそっと唇の端を持ち上げる。

「そうだなあ、とりあえず思いつくのだと」

手のひらを差し出すと、心得たように咲がペンを上に載せてきた。真帆はノートを手前に引き寄せ、細く薄い加奈の字の下にペン先を滑らせる。

〈・笹川七緒の犬に石を投げる〉

加奈の顔がわかりやすく強張るのが視界の端に見えた。締めつけられていた真帆の胸が少しだけ緩む。

真帆は勢いよく咲を見上げ、その表情を目の当たりにして笑みを消した。咲は長い脚を優雅に組み、ほつれのない艶《つや》やかな髪を耳にかけながらどうでも良さそうに言う。

「ふうん、真帆ったらやさしー」

内臓を素手でつかまれたような衝撃に、汗がどっと噴き出た。違う、間違えた――じゃあ、どう書けばよかったのか。

「そう？　じゃあこうするのは？」

真帆は頬を引きつらせながらノートに向き直った。「に石を投げる」という箇所を乱雑に塗りつぶし、隣に「の足を折る」と書き加える。咲が視線だけをノートに落とし、ふーん、とつまらなそうに美しく磨き上げられた爪の先で引っ掻《か》いた。

「まあ、別にこれでもいいけど」

長いまつげを伏せたまま、流れるような動作でいちごオレのパックをつまみ、ストローに口をつける。ごぼごぼ、という音と共につぶされたパックが、机の上を無造作に転がった。友達失格。そう宣告された気がして、真帆は焦る。何だろう、何がいけないんだろう。ぬるい？　表現が？　内容が？　乾いた唇を開きかけ、喉《のど》に力を込める。

「じゃあ殺すっていうのは……」

「口で言わないで」

言いかけた言葉を遮られ、身体がカッと熱くなった。加奈のせいだ。加奈がわがままを言うから、あたしが幻滅された。

真帆は加奈を正面からにらみつける。

「誰かに聞かれたら誤解されるでしょう？　別に、私たちは強制してるわけじゃない。本当に嫌ならやらなければいいだけの話なんだから」

咲は教室を見渡していた目線を加奈に戻し、うっとりするほど優美に微笑んだ。

「どうする？　加奈」

加奈はうつむいたまま、答えない。

4

――九月十三日十二時五十八分　安藤加奈

ダブルバインド、という言葉を教えてくれたのは、父親だったと思う。

たとえば、母親が子どもに「おいで」と言う。けれど、母親の強張《こわば》った表情や子どもがいざ近づいたときの腰が引けた姿勢は、この言葉が母親の本心ではないことを表している。言葉の通りに近づけばいいのか、表情や姿勢の通りにとどまればいいのか。矛盾する二つのメッセージに挟まれた子どもは、母親に近づくことも近づかないこともできない。

どちらかに従うことが、もう一方に反することになる二つの命令。それを向けられた人間の判断力を奪う、心理的手法。

「ちょっと加奈、やめなよ！　危ないよ！」

真帆の慌てた声と満足げな表情を同時に受けながら、自分は判断力を失っているのだろうかと加奈は頭の片隅で思う。

〈・ベランダの手すりに立つ　最低三秒　一秒でも足りなければやり直し〉

違う、と加奈は慌てて否定する。自分が悪いことをしたら、嫌な思いがいつまでも残る。だけどベランダに立つだけなら、怖いのは三秒間だけ。わたしは理性的だ。正気を失ってなんかいない。

靴下の跡が残る裸足《はだし》の指で、かさついたコンクリートの縁《へり》を強くつかむ。白くなった指先の奥に遠く離れた地面が見えて、慌てて目を伏せた。大丈夫、ここはベランダの手すりなんかじゃない。地面はすぐ下にある。必死にそう自分に言い聞かせる。

一。

口の中で祈るように唱え、手をそっと離して息を止める。はやく、はやく、どうかはやく終わって。

二。

足の裏が汗で滑る気がする。膝《ひざ》が震える。自分の数えている時間は正確なのか、速いのか、遅いのか――

「うそ、何やってんのあれ」

遠くからクラスメートの声が聞こえる。

だけど遠い。消え入りそうなほどに。

三。

終わった、もう降りていい――そう思って視線を足元に落とした瞬間だった。

コンクリートの灰色と、焦点がぼやけたグラウンドの緑。顎《あご》の先から滴った汗が、音もなく、長く、長く――吸い込まれていく。

膝が留め金を外したようにがくりと折れ、肩にかかっていたはずの髪がふわりと浮くのがわかった。

最初に思ったのは、ただ、落ちる、落ちる、ということだけだった。

――落ちる、落ちてしまう。

空気が内臓を押し上げる。足の裏からコンクリートが剝《は》がれていく。

どうしよう、お父さん、わたし、死んでしまう。

そう切実に思うのに、なぜか目の前を流れゆく景色は安っぽく現実感がなかった。そんな、まさか──状況を必死に否定しようとする脳裏に、それでも過去の映像が浮かんでくる。

今になって、わかってしまう。

わたしはやっぱり、正気じゃなかった。きっと、いくらでも引き返す道があった。罰ゲームなんて嫌だって言えばよかった。それで嫌いになるならなればいいって、開き直ればよかった。他に友達を作ろうとすればよかった。お父さんに相談すればよかった。

選択肢を勝手に狭めていったのは、わたし自身。

自殺じゃない。自分で死のうとしたわけじゃない。

でも、きっと自殺だってことにされてしまう。わたしは自分で手すりに上って、自分で落ちた。

それに、日記。あれが見つかったら、勝手に遺書だということにされてしまう。違うのに。本当は全然違うのに。

日記を書き始めたのは、お父さんに勧められたからだった。

嬉《うれ》しいことは覚えておけるし、つらいことは書くだけでだいぶ楽になるよ。

それは、本当だった。死にたいと思ったことがないわけじゃないけど、死にたいと書けば死のうとは思わずにいられた。

なのに、もし、あれをお父さんが見たら。

捨てなければ。誰の目にも触れないようにしなければ――

だけどもう、ああ、間に合わない。

第二章

1

——十月十五日十八時四十八分　安藤　聡

〈とにかく悲しくて、びっくりしました。全然悩んでいるようには見えなかったし、今でも安藤さんというと笑っている顔しか思い出せません。

もっと仲良くすればよかったと思うと、後悔でいっぱいです。

香山みどり

加奈は親友でした。教室移動もお昼休みも放課後もいつも一緒で、本当にいろんな話をしました。

でも、悩みを相談してもらうことはできませんでした。

今でも、朝学校に行くと、つい加奈が普通に登校してくるんじゃないかと思ってしまいます。休み時間に友達と話していても、加奈に相槌《あいづち》を求めそうになってしまいます。加奈がもうどこにもいないなんて、信じられません。

木場　咲

私は、安藤さんは自殺したのではないと信じています。運命を試すようなつもりでベランダに立ち、誤って落ちてしまったのではないでしょうか。試すという行為は罪深いものですが、それは安藤さんが天国へ行けないという理由にはならないと思います。

「神は、その独り子をお与えになったほどに、世を愛された。独り子を信じる者が一人も滅びないで、永遠の命を得るためである」（ヨハネによる福音書三章十六節）

笹川七緒

ごはんを食べながら返ってきたテストの話をしていて、だから加奈が落ち込んでいるのには気づいていました。でも、そんなに思い詰めているなんて全然わからなかった。お母さんを犠牲にしてまで生まれてきたのにって何のこと？　悩んでいるならどうして相談してくれなかったの？　加奈に聞きたいけど、聞けないのがつらいです。

加奈が手すりに立ったとき、危ない、下ろさなきゃと思ったのに、びっくりして怖くて動けませんでした。どうして止められなかったんだろう。近くにいたのは私だけだったのに。

私が何かできてたら、今でも加奈はここにいたのかもしれない。

私のせいです。

新海真帆

死ぬってどういうことなんだろう、とあれからずっと考えています。今まで考えないようにしてきたけど、死後の世界ってどういうところなんだろうと改めて考えると怖くてたまらなくなります。

安藤さんは怖くなかったのかな。今はつらくないのかな。

安藤さんが安らかに眠れるように祈っています。

渡邉美佳

このたびは、お悔やみ申し上げます。

私も担任として、なぜもっと早く悩みを聞き出すことができなかったのかと悔やむ毎日です。

安藤さんは成績もよく、本当にしっかりしたお子さんでした。

私個人としては、すごく気がつく子、というイメージがありました。私が大量のプリントを抱えて歩いていると、半分持とうかって声をかけてくれたり……。授業中、みんなに問題を解いてもらっている最中に安藤さんがさっと手を挙げて、「ここがわからないんですけど」と言ったことがありました。教科書を指しているから覗《のぞ》き込んだら、「右上の板書書き間違いかも？」って書いてあったんです。みんなの前で言ったら私が恥をかいてしまうと思ったんでしょう。

細やかな気遣いができる優しい子だったと思います。でも、それは繊細だからこそできることだったのだと今は思います。問題がなさそうに見える子ほど、心の中ではつらい思いを抱えているかもしれないという可能性に、私は気づくことができませんでした。

至らない教師で、本当に申し訳ありませんでした。

安藤さんのご冥福《めいふく》を、心よりお祈りしております。

——D担任　岩崎希恵〉

＊

「安藤さん、お邪魔しています」

突然かけられた声にハッと顔を上げると、冷たい怒りを湛《たた》えたような早苗の顔があった。慌ててテレビ脇に置かれたデジタル時計を振り返り、19：02という数字に息を呑《の》む。当然、早苗は何度もチャイムを鳴らしたのだろうが、まったく気づかなかった。だから怒っているのか、と思いかけ、これが早苗の地顔だと思い出す。

「悪い、気づかなかった」

「やっぱり何も食べていませんね」

言われてテーブルを見ると、早苗が昨晩置いていったカレーライスがそのままになっていた。

「冷蔵庫から取り出す手間を省けば食べていただけるかと思ったのですが……」

早苗は無表情で食卓を見下ろし、指先でラップを撫《な》でる。

「ごめん、気がついたら今になっていて」

「ならお腹が空いていますね。食べましょう」

早苗は勢いよく振り向いて、安藤の前にビニール袋を掲げた。

「グラタンが入っています。こちらは明日の朝ごはんにしてください」

食卓の上にすばやくビニール袋を置き、中から湯気で曇ったタッパーを取り出す。右手にカレーライスの皿を持ってキッチンへ向かうと、慣れたしぐさで電子レンジのドアを開け、ピ、ピ、ピ、と流れるような動作でボタンを押した。唸《うな》るような音を立てながら橙色《だいだいいろ》の光を放つ電子レンジに背を向け、今度は冷蔵庫を開ける。

「安藤さんは、まずお手洗いに。それからシャワーを浴びてきてください」

有無を言わさぬ口調で言い放ち、コップにミネラルウォーターを注ぎ始めた。

「その前に、どうぞひと口」

「ああ、ありがとう」

勢いに呑まれてコップを受け取り、乾いた唇に押しつける。冷たい液体が喉《のど》を滑り落ち、喉が渇いていたという事実に気づいた。ごく、ごく、喉を鳴らして一気に飲み干し、反射的に空気を吸い込む。

「はい、では次はお手洗いに」

差し出された手にコップを渡すと、突き当たりのドアを指さされた。安藤は言われた通りトイレに入り、真っ黄色な小便を飛ばしながら、はあ、とため息をつく。また、いつの間にか一日経ってしまった。

水を流して手を洗い、ドアを開けたところで早苗が用意したらしい洗濯かごと着替えが目に入る。彼女らしい周到さに口元を緩めかけ、自分が笑おうとしたという事実に驚きと嫌悪を覚えた。

加奈がこの世を去って一ヵ月。あっという間に時間が過ぎた気がする一方で、まだそれしか経っていないのか、とも思う。ただ、それでも食事はおろか、排泄《はいせつ》も睡眠も忘れてしまう自分がここまで生き延びられたのは、確実に早苗のおかげだった。たとえ、生き延びることなど望んでいないとしても。

重たく、だるい腕を動かして服を脱ぎ捨て、風呂《ふろ》場へ足を踏み入れる。腰を屈《かが》め、シャワーの水圧を指先で感じながら目を閉じた。

一日一回、食事を準備して必ず十九時に来るというのは、簡単なことではないはずだ。何が早苗をそうさせるのだろう、と他人事のような疑問が湧く。

好意だと自惚《うぬぼ》れる気には到底なれなかった。無表情と無愛想ゆえに敬遠されているものの、学生たちにクールビューティーと騒がれる早苗が、四十代の男やもめに恋愛感情など抱くはずがない。しかも、子どもに自殺された父親失格の男だ。

同情だろうか、と考える。妻子を失って打ちひしがれる男を見ていられない――あるいは、研究サンプルか。

そこまで考えて、自分の卑屈さに嫌気がさす。やはり生き延びる価値などないのではないか、というのが、いつも到達する結論だった。真理子もいない、加奈もいない。そんな世界にこれ以上いる理由も見出《みいだ》せなかった。娘の必死の悩みに気づくことすらできなかった人間が心理学者など、笑い話にもならない。

浴室を出て糊《のり》のきいたシャツに着替えると、先ほどよりほんの少し身体が軽くなっていた。そのことに粘つくような罪悪感を覚えながらリビングへ戻る。

「どうですか、さっぱりしましたか」

歯切れよく喋《しゃべ》る早苗に短くうなずいて食卓についた。早苗が目の前に座り、両手を合わせる。

「いただきます」

安藤は両腕をだらりと垂らしたまま、空気中へ立ち消えていく湯気を眺めた。カレーの匂いが鼻腔《びこう》をつく。空腹など感じないと思っていたのに、舌の上で唾液《だえき》が膨らんだ。

スプーンを手に取って口に運ぶと、胸が詰まる。おいしさなど、幸せなど感じてはいけない。そう切実に思うのに、手が止まらない。

これが本能なのか、と思いかけ、卑怯《ひきよう》な転嫁に吐き気がして口元を手で押さえた。

無言でレタスを頬張っていた早苗がちらりと視線を上げる。

「腐っていましたか」

「いや」

「すぐに吐き出してください」

「腐ってないよ」

答えた途端、ふいに脈絡なく涙がこみ上げてくるのを感じて動転した。だが堪《こら》える間もなくあっさりと涙腺《るいせん》が崩壊する。早苗は何も言わなかった。沈黙を計るように微動だにせず、それからまた何事もなかったように箸《はし》を動かし始める。

「そう言えば」

早苗が再び口を開いたのは、安藤がひとしきり涙を流し、またスプーンを手に取ったタイミングだった。

「休職の手続きが完了しました」

その言葉に、安藤の心はまた重くなる。

「手間をかけさせて申し訳ないが、俺はもう復職する気は」

「ダメです」

早苗は、疑問を投げかけたわけでもないのに即答した。

「安藤さんは研究バカですから、この歳になって大学教員以外の仕事が見つかるとは思えません」

励ましているのか貶《けな》しているのかわからない言いぐさに、力が抜ける。

「いいんだよ、もう働かなくても」

「なぜですか」

いつ死んでもいいからだ、とは答えにくい空気があった。窮して黙ると、早苗が小首を傾げる。

「私はまたおかしなことを言ってしまいましたか」

「そうじゃないよ」

力なく首を振りながら、おかしいのは俺だ、と安藤は思う。死にたいと願いながら、加奈のように飛び降りるわけでもない。もう生き続ける意味なんかないと思いながら、食事を出されれば咀嚼《そしやく》し、自分で退職願を書きもしない。

まだ、やり直せるとでも思っているのだろうか。やり直す？　何を？　俺は、どこまで浅ましいのだろう。

言葉を選びかねてリビングを見渡すと、無闇に広い空間だけがあった。加奈が産まれた直後、真理子と二人で散々悩んで選んだマンション。加奈に兄弟を作ってあげられない代わりに、それ以外はできるだけ不自由なく育ててやりたいと、三十五年ローンを組んで買った3LDKだった。

それももう、意味がない。

「申し訳ありません」

早苗の唐突な謝罪に、安藤は驚いて顔を上げた。

「え？」

「先程、テーブルの上にあった紙束を見てしまいました。一番上のページだけですが」

「ああ」

吐き出した声が、乾いている。

「あれは、何ですか？」

疑問に思ったことをそのまま訊《き》かずにいられないのは、早苗の性格なのだろう。初めて会った頃に二十九歳だったのだから、今はもう三十七歳になるはずだが、早苗は見た目も話し方もほとんど変わらない。なぜだかそれに、少し救われるような気がした。

「加奈の担任の先生が、クラスの子全員分の加奈への手紙だって持ってきたんだ」

「加奈さんへの？」

「まあ、ほとんどは手紙というより感想文だけど」

それでも学校側としては、自分たちに責任がないことをはっきりさせたかったのだろう。個人としての感情と、組織の一員としての立場。安藤も同じ教員としてわからない話ではない。

「なるほど」

早苗はこくりと小さくうなずいた。その淡々とした表情を眺めながら、早苗ならわかるだろうか、とぼんやり思う。

加奈がどんな思いで死を選んだのか、安藤にはわからなかった。

——お母さんを犠牲にしてまで生まれてきたのにって。

手紙にあった言葉が胸に突き刺さる。

真理子が死んだのは八年前だが、初めに子宮がんが発覚したのは、加奈を妊娠したのとほぼ同時だった。発見が早かったため、すぐに手術をして切除すれば完治する可能性が高かったが、真理子は頑として手術を拒んだ。同時に、抗がん剤治療も胎児に影響を及ぼすことを恐れて嫌がった。

堕胎可能な時期のぎりぎりまで迷ったのは、安藤の方だった。真理子との子どもが欲しいという気持ちはもちろんあったが、正直なところまだ見ぬ赤ん坊より真理子の方が大事だという思いが強かったからだ。

だが、真理子は決して譲らなかった。

今子宮を取るってことは、この子を殺すってことでしょう？　でも、手術が遅れってそのせいでわたしが死ぬとは限らないじゃない。

結局、加奈を無事出産したときには、がんは子宮を全摘出しなければならないほど進行してしまっていた。

真理子は子宮を捨てた。けれど加奈が五歳になって半年ほどした頃、肝臓への転移が見つかり、今度は摘出しきれないほど病巣が広がってしまっていたのだった。

そこからは、まさに坂道を転がっていくようだった、と安藤は思う。

調子がよく、笑顔で見舞い客を迎えられるとき。この痩《や》せた身体のどこにこんな力が残っているのだろうと不思議になるほど全身を使って、ひたすら枕元の盥《たらい》へ嘔吐《おうと》を続けるとき。日によって、時間によって真理子の体調は様々だったが、日を追うごとに衰弱していくのは明らかだった。

抗がん剤を試みてほしい、と願ったのは安藤だ。

たとえ数パーセントでも快復する可能性があるのなら、賭《か》けてみたかった。真理子は、そうだね、頑張る、と言ってうなずいた。

それが間違いだったんじゃないか、と安藤が思い始めたのは、真理子が永遠に呼吸を止めてしまう数週間前だ。

もう、奥様には治療に耐える体力がないと思われます。

医者の言葉を聞きながら、視界から色が消えていくのを感じた。入院してからも、病棟の中で加奈とかくれんぼをしたり、どうしてもエコール・クリオロのケーキが食べたいと安藤をお遣いに行かせたりしていた真理子が、ベッドから離れられなくなってしまったのは、がん細胞ではなく抗がん剤のせいだった。大量にできた口内炎のせいで固形物が食べられなくなり、嘔吐を繰り返すために体力が落ち、欲しがるものはケーキではなく、毛髪の抜けた頭を隠すためのかわいい帽子になった。

抗がん剤を使わなければ、と思わずにいられなかった。そうすれば、逆に快復することもあったんじゃないか。せめてあれほど苦しい思いをせずに済んだんじゃないか。俺があんなことを言わなければ。

その思いは、真理子が死んでからも安藤の心から消えなかった。

真理子の病気について加奈にきちんと話そうとしなかったのは、そんな後ろめたさがあったからかもしれない。詳細を話せば加奈を傷つけることになる、というのは言い訳にすぎない。自分が認めるのが怖かっただけだ。

だが、きちんと話していれば、こんなことにはならなかったのかもしれないのだ。いつかどこかで知ってしまう日が来るのなら、初めから真理子がどんな思いだったかを話して聞かせ、加奈は何も気に病む必要はないと、お父さんもお母さんも加奈のせいだなんて思っていないと伝えるべきだったのではないか。

――だとすれば、加奈を死に追いやったのはこの自分だ。

そう思う一方で、加奈はいつ、どこでこの話を知ってしまったんだろう、という疑念も頭をもたげた。それが、自らの責任を軽くしたいがための逃げだと知りながらも、考えずにいられない。

誰だ、誰が加奈に話した――

経過を知る人すべてに口止めをして回ったわけではない。だが、加奈が知ればショックを受けるのが明らかなことを、まさか加奈本人に話そうとする人間がいるなんて、どうして思うだろう。

違う、とそこで安藤の思考は戻る。そうじゃない。いつかは知られてしまうことだったのだ。誰かが話そうとしなくても、加奈自身が調べて知ろうとすることだって考えられた。

誤解が生まれる前に、説明しなければならなかったのだ。そうでなくても――せめて加奈が知ってしまったことに気づかなければならなかった。

安藤の脳裏に、不自然なまでにベタの水槽の前に居続けた加奈の後ろ姿が蘇《よみがえ》る。

そこにどんな思いがあったのかはわからない。力強い闘魚の舞に励まされていたのだろうとか、他の個体とコミュニケーションをとるためには必ず傷を負う覚悟をしなければならない闘魚の特質に共感したのだろうとか、そんな分析的な解釈を重ねたところで意味はない。だが、加奈は死を濃く意識していたはずの母親と同じものを見たがった。

あまりに熱心にベタを見続ける加奈に、違和感を覚えなかったわけではないのだ。なのに、安藤は加奈に事情を訊こうとはしなかった。どうした、何かあったのか。そうひと言水を向けるだけでもよかったかもしれない。加奈自身、どう切り出せばいいのかわからなかったのかもしれないのに。

真理子だったらどうしていただろう、とも思った。真理子なら、うまく相談に乗ってやれたのではないか。真理子になら、加奈も話せたのではないか。

この八年間、自分なりに頑張ってきたつもりだった。出世コースから外れることはわかっていたが、講義の数を減らしてもらい、学務の仕事を無理やり断り、家庭を第一に考えてきた。加奈には、自分の時間を自分のためだけに使ってもらいたかった。せめて生活面だけでも、母親がいる普通の家庭と同じように。

同僚や学生時代の友人から飲みの誘いがあっても、夜は二十一時前には必ず帰るようにして、その際にはあらかじめ夕飯の用意をしていくようにしていた。だからどんなに魅力的な誘いであっても、当日声をかけられたものには参加しなかった。

早起きをして朝ごはんを作り、前の晩に用意しておいたおかずを詰めて弁当を作る。夜は十九時には帰ってきて夕飯の支度をし、一緒に翌日の弁当用のおかずを作った。

どうしても仕事が終わらないときは家に持ち帰ったが、決して部屋にはこもらず、リビングでするようにした。食事中にはテレビをつけず、加奈の話を聞くようにした。けれど今思えば、自分のそんな態度こそが、加奈を追い詰めてしまったのかもしれない。もし加奈が、言い出せないほどの悩みを抱えていたのだとしたら、毎日話を聞かれること自体がプレッシャーになっていたのではないか。

もっと聞いておけばよかったという思いと、聞かなければよかったという思いが、交互に湧いた。

「もう食べられませんか」

早苗が、皿を指さして言った。いつものことだが、視線は目だけを直視している。

「ちょっと胃が痛くて……」

事実絞るような痛みを訴える胃を服の上から押さえると、早苗は視線を皿に落とした。ああ、とうなずく。

「軽率でした」

頭を下げ、皿に手をかけた。あ、と声を上げる間もなく、傍らのビニール袋にひっくり返す。袋の口を手際よく結んで、黒い鞄《かばん》の脇に無造作に置いた。

「次回から気をつけます」

注意された学生のように神妙に言って、汚れた皿を手に台所へ向かう。安藤は、茶色い塊が透けて見えるビニール袋を呆然《ぼうぜん》と眺めた。大きめの具がたくさん入ったカレーライス。忙しい中作ってくれたのだと思うと、口内に残った味が苦く感じられた。申し訳ない、と安藤は強く思う。無理をしてでも食べればよかった。作った本人に捨てさせるような真似を強いるくらいなら。

台所からは、水を流す音と皿がぶつかり合う硬い音が聞こえてくる。安藤は椅子の背に体重を預け、両目を固く閉じた。

このままではいけない、と考えたのは、カレーライスの入ったビニール袋を片手に持った早苗が、エレベータの奥に消えるのを眺めていたときだった。

このまま、人の厚意に甘えていてはいけない。

安藤は玄関の鍵《かぎ》をかけると、葬儀の日以来踏み込むことのなかった加奈の部屋を開けた。埃臭《ほこり》い淀んだ空気が顔面を瞬時に覆う。電気をつけると、ハンガーで形を保った制服が正面の壁に浮かび上がった。

シールを剝《は》がした跡の残る小学生用の学習机、漫画本と小説と辞書が棲《す》み分けもなく並んだ本棚、木目がプリントされた小さなゴミ箱——六畳もない小さな部屋に詰め込まれた澱《よど》んだ生活感に、思わず足がすくむ。

茶色いドット柄のベッドカバーの奥へ視線を滑らせると、出窓に置かれた薄汚れたウサギのぬいぐるみと目が合った。異様な笑みを湛《たた》えた、がらんどうの瞳《ひとみ》。

腹部に力を込めてクリーム色のカーペットを踏みしめ、ベッドに膝《ひざ》をついて出窓を開けると、澄んだ風が吹き込んでくる。

——加奈の思いを、知らなければならない。

それは、願望ではなく義務のように思えた。警察から返却された段ボール箱をひっくり返し、中身を床にぶちまける。

授業のノート、十冊以上に及ぶ写真アルバム、スタイリッシュな表紙の漫画本、端に青インクの染みがにじんだペンケース、フェイクファーのストラップがついた携帯電話、全体にラメが施された派手なゴールドの長財布、取っ手に大きな赤いドット柄のリボンが巻かれたスクール鞄。

一つひとつに目を通すのには想像以上の苦痛があった。加奈の顔を、字を見るたびに涙が溢《あふ》れ、加奈の匂いが鼻をかすめるたびに息が詰まる。

一晩かけて、クローゼットに収まった服のポケットをすべて確かめ、手帳を開いて書き込みを丹念になぞり、ベッドから布団を剝がして埃の溜《た》まった床に手を突っ込んだ。

だが、明け方まで探し続けても、日記のようなものは見つからなかった。

呆然と、開かれたままの手帳を見下ろす。手帳には小テストの日程や授業の持ち物しか書き込まれていない。これからはそれすらも書き込まれることがないのだと思うと胸が強く痛んだ。

軋《きし》む首を巡らせて、机の上のパソコンを見上げる。電源を入れ、現れたパスワード入力画面に立ち尽くした。

〈kana〉

〈kana0412〉

〈andoukana〉

〈kanaandou〉

思いつくパスワードを叩《たた》きつけるように試し、嗚咽《おえつ》を漏らす。毎日話を聞いていたはずなのに、パスワードに使う単語の候補も思いつかない。歯を食いしばりながら、音を立ててキーボードを強く叩いていく。

壁に勢いよく背を預けて目を固くつむった。

——本当はわざとなんじゃないか。本当は死ぬ気なんかなくて、真実なんて知りたくなくて、わざと悩んでいるふりをしているんじゃないか。娘に死なれた親としてのポーズに酔っているんじゃないか。

また訳もなく涙が溢れてきて、安藤は拭《ぬぐ》うことすらせずに立ち上がる。リビングに戻ってテレビをつけ、各局のニュース番組を食い入るように見比べた。一度も開かないまま溜まり続けていた新聞にも目を通し、和室のパソコンでネットサーフィンもし続けた。加奈の名前を検索したり、テレビの中で使われていた「豊島《としま》区内の女子高生」という表現を入れてみたり、加奈が通っていた学校の名前と自殺という言葉を組み合わせてみたりもしたが、どこにも知っている以上の情報はなかった。

それでも安藤はふらつく頭を押さえながら、もう片方の手ではマウスを手放さなかった。身内の自殺を予防するための心得が書かれた文章を読み、遺族の悲しみを綴《つづ》った体験談を眺めるのは、かさぶたができかけるそばから爪を立てて血を流す行為に似ていた。自殺志願者の悩み相談や自殺予告があれば、それに対してうざい、さっさと死ねと罵倒《ばとう》する書き込みもあった。剝《む》き出しの悪意に触れれば触れるほど、安藤の頭は麻痺《まひ》していく。それは、中毒のようだった。もう何も考えたくない。このまま死んでしまいたい。

あと少し。あと少しで最後の一歩が踏み出せる。感情が昂《たか》ぶるたびにベランダに飛び出し、なのにそこから身を投げることはできなかった。打放しのコンクリートに膝をつき歯を強く食いしばる。

情けなかった。こうなってもなお、思い切れない自分。とっくに意味がなくなっている生にしがみついてしまう自分。加奈はやったのに、と思うとさらに涙がこみ上げてきた。加奈も怖かったはずだ。死ぬのは怖い。死ぬのが怖くない人間なんていない。それでも死を選んでしまうほどの絶望とは、一体どんなものだったのか。

「安藤さん!」

爪が食い込むほど腕を強くつかむ早苗の両手が視界に入り、またいつの間にか十九時を過ぎていたことを知る。

「何をやっているんですか!」

彼女は怒っている、と他人事《ひとごと》のように考えた。不思議と、早苗の感情がわかるようになってきた。それは、早苗が感情を表現する術《すべ》を身につけてきたからなのか、自分の感覚が変わってきたからなのか。

ああ、また怒らせてしまった、と思う一方で、もっと怒ってほしいと願う。責めてほしい。詰《なじ》ってほしい。殺してほしい。どうして娘の自殺を食い止めることができなかったんだと、断罪してほしい。

けれど早苗はそれ以上は何も言わず、つかんだ腕を部屋に向かって強く引く。

2

――十月十八日十九時十五分　小沢早苗

愛読書は、と訊《き》かれれば、夏目《なつめ》漱石《そうせき》の『こころ』だと答えるようにしている。そうと言えば、そうした文脈を読み取る力があるように思わせられる気がするからだ。ストーリーを説明する必要がない、誰もが知る古典で、たとえば『人間失格』のようなタイトルのインパクトがない。へえ、読書家なんだね、と教科書にも載っている作品を挙げただけにもかかわらず感心され、しかもすぐに忘れてもらえる。どこが面白いの、と重ねて問われたら、「明治に殉死する、という感覚が興味深い」と言えば大抵《たいてい》煙《けむ》に巻けるし、最近の小説だと何を読むの、と続けられたら、あまり読まない、と答えればそこで話が終わる。

実際に繰り返し読んでいるのは小説ではなく、幻視や妄想などについて脳神経学の観点から原因を分析した翻訳書だ。早苗が初めて読んだのは中学生の頃で、特に衝撃を受けたのは「カプグラ症候群」を紹介した箇所だった。

〈あの人は父と同じ外見をしていますが、父じゃなく、父だと嘘をついています〉

　事実無根の妄想を抱く青年の存在にも驚いたが、何よりも早苗が衝撃を受けたのは、それが精神的な病や心理的な逃避、願望によるものではなく、脳の機能障害であるという点だった。本の中に登場した青年の場合、交通事故により視覚野と情動の中枢である扁桃《へんとう》体との結合が切れたことが原因だと書かれてあったのだ。

　本を閉じるや否や、早苗は母親のもとへ駆けつけ、子どもの頃に頭を打ったことはなかったか、と訊いた。交通事故でなくてもいい。ただ転んだだけでもいい。何か、脳に損傷を与えるような出来事はなかったか。

　ない、と答えられても、すぐには信じられなかった。本当にないのか。忘れているだけじゃないのか。

　半年後、中学三年生のときに階段から転がり落ち、念のために脳の検査をしてもらって異常なしと診断されるまで、その疑いを拭いきれなかった。

　いや、本当はわかっていたのかもしれない、と今にすれば思う。そんな事実はないとわかっていたからこそ、わざと階段から転がり落ちた。検査してもらうためではなく、脳に本当に損傷を与えるために。

私はどこかおかしいのかもしれない、と思い始めたのは、まだ小学校に上がる前のことだったと思う。

近くの公園の砂場で遊んでいて、雨が降ってきたために泥だらけになった。さらさらしていたはずの砂が肌に張りつくのが面白くて、全身に塗りたくって帰ると、母親が「どうしたのそれ、泥怪獣にでも食べられちゃったの？」と言った。早苗はドロカイジュウ、という言葉の意味を考え、砂場の砂がドロだということと、カイジュウがよくテレビに出てくる大きな怖い動物であることに思い至った。

そんなものはいなかったこと、食べられたのなら帰ってこられないと思うことを答えると、母親は怒り出した。

「何言ってるの。冗談に決まってるじゃない」

冗談に決まってる、という表現はその後も何度も耳にした。

早苗ちゃん、それわざと？

天然にしても程があるでしょ。

ほんと無神経だよね。

どうして言っていいことといけないことの区別がつかないの。

むかつく。

なぜうまく人とコミュニケーションが取れないのか、自分でもわからなかった。目の前の相手が、怒っているのか、泣いているのか、笑っているのか。それについては、表情やしぐさをヒントに推測できる場合も多い。でも、その原因が何なのかはわからない。

おまえ、ほんとバカだな。

大学院生の頃、交際していた男性に言われて、侮辱されたのかと腹を立てると、何だよ、かわいいって意味だよ、わかるだろニュアンスで、と言われたこともあった。

ニュアンスって何？

どうして思っているのと違う言葉を使うの？

図書館で心理学の棚に並んだ本を読みあさり、やがて行き着いたのが、オリヴァー・サックスの『火星の人類学者』だった。発達障害ゆえにコミュニケーションの根幹が理解できず、常に自分を異邦人のように感じてきた動物学者について触れた医学エッセイだ。

〈自分を「火星の人類学者」だと感じる〉

〈住民を調査して、理解しようという感じです〉

〈ほかの子供たちにはテレパシーがあるのではないか〉
〈人間行動の模倣を学習するのです〉

自分の漠然とした思いに名前をつけられたような感じがした。同時に、自分と同じ症状を持つ人たちがいることを知った。

アスペルガー症候群、高機能自閉症――障害だったのだ、と思うと気持ちが少し軽くなった。私が悪いんじゃなかった。全国に何万人もいる、珍しくない障害だったんだ。関係する本をすべて借りて両親に見せた。私、これだと思うの。検査したいんだけどお金くれない？　本に書かれていた内容をすべて説明し、母親に付き添われて病院に行った。

だが、ＰＥＴスキャン、ＭＲＩ、頭部ＣＴなどの検査、問診を経て下された結論は、陰性だった。理由は、脳機能の障害が確認できないこと、自閉症、アスペルガー症候群に顕著な症状である、決められた手順へのこだわりがそれほど強くないこと。脳画像や脳波の診断では判別できない場合もあるが、もし障害があったとしても、ごく軽度であり十分適応可能である、と言われ、母親は喜んでいたが、突き放されたような気持ちになった。

だったら、どうして私はこうなのか。

幼児期のトラウマなどの原因は特に見当たらない。両親はごく普通のサラリーマンで、表情豊かな妹もいる。脳機能検査も陰性だった。助教授に就任する際にした自己紹介は、嘘ではない。だが、心理学にのめり込んだのは、対人関係の苦手を克服するためではなかった。

納得できる理由がほしかった。

自分を分析するために、文学部心理学科に入り、修士課程に進み、博士課程でもわからずに、いつの間にか教授にまでなってしまった。

あの当時、診断をした医師は、教授にまでなれたのだからやはり適応できたじゃないか、と言うだろうか。

適応、というのがどういう状態を指すのか、不惑と言われる四十歳が見えてきた今でも、よくわからない。

＊

「もういいんだ」

テーブルに並べたポトフとガーリックトーストを前に安藤がそう言ったとき、早苗は、もういいも何も、と怪訝《けげん》に思った。もういいも何も、まだひと口も食べていないのに。

「何を言っているんですか。ほら、早く食べてください。冷めます」

皿を安藤の方へ指先で押しやり、じっとその目を見つめる。安藤は数秒間黙り込んでから口を開いた。

「ご飯のことじゃなくて……いや、ご飯のこともなんだけど」

要領を得ないセリフに、早苗は眉根《まゆね》を寄せる。安藤は息を深く吐き出して続けた。

「……これ以上、君に迷惑をかけたくないんだ」

迷惑？　突然現れた単語だけが、吸収されることなく早苗の脳内を巡る。

「俺は、君にこんなことまでしてもらえるような人間じゃない」

安藤は湯気を立てるポトフをにらみつけながら言った。

こんなこと？　私がそう言ったのか？　違う、覚えがない。じゃあ何だろう。いつものように誤解されているのだろうか。そう受け取られてしまうような態度をとってしまっていたということ？

安藤が目を伏せ、テーブルの上で拳《こぶし》を作った。早苗はそれを目で追い、握り拳の持つ心理的意味を考える。苛立《いらだ》ち、拒否――あれ、と早苗は焦る。もしかして、安藤は怒っていて、迷惑というのは安藤自身の思いなのだろうか。

「もう食事も自分でできるし、買い物だって自分で行ける。今までの恩は……すぐには返せないかもしれないけど……」

「迷惑でしたか」

早苗は安藤を遮り、椅子を引いた。ガタッとやけに大きな音が響く。

「では、合い鍵《かぎ》を返します」

鞄《かばん》を腿《もも》の上に載せ、チェーンを引き出して先についた鍵をつかむ。パチ、というあっけない手応《てごた》えで鍵はチェーンから外れた。

「え？」

「図々《ずうずう》しく上がり込んですみませんでした」

鞄を手に立ち上がり、鍵をテーブルに叩《たた》きつけてリビングを出る。

合い鍵をくれたのは、安藤の母親だった。ごめんなさい、同僚の方にこんなことをお願いするのもあれなんだけど、たまにでいいから様子をみてやってくれないかしら。本来ならば私がそばについていてやるべきなんでしょうけど、そうもいかなくて。

私でよければ、と答えて早苗は合い鍵を受け取った。安藤の母親に安藤を任された、ということが嬉《うれ》しくて、自分にできる精一杯のことをしようと張り切った。

だが、どうやら自分はまた何かを間違えてしまったらしい。

早苗は廊下を突き進みながら拳を口元に当てる。

経験からすれば、様子をみるというのはただ見に行くというだけの意味ではなくて、問題が起きないように見張り、状況の維持に努めることも含むはずだった。だが、それは勘違いだったのかもしれない。今回の場合は、本当にたまに顔を見に行くだけのことを要求されていたのかもしれない。

早苗は、ストッキングに包まれた足で薄暗い三和土《たたき》に踏み込む。胸の奥が冷えて重たくなるのがわかった。

——違う、そうじゃない。そもそも、安藤本人から来てほしいと言われたことは一度もなかった。求められてなどいなかったのだ。

「何をいきなり怒ってるんだ」

背後から、安藤の声が聞こえる。けれどそこに込められた感情が、早苗にはわからない。早苗の頭の中に、決められた指令が下りてくる。——混乱したらその場を去る。そうだ、とりあえず早くこの場を去らなくては。

「失礼します」

「ちょっと、早苗さん！」

気がつくと、安藤のシャツのボタンが目の前にあった。左手首が熱い。つかまれているのだ、とわかるのに数瞬かかった。

「迷惑だなんて言ってないだろう。こっちが迷惑をかけて申し訳ないって言ったんだ」

安藤の声が、頭上から聞こえる。会議で隣に座っても、仕事帰りに何人かで食事に行っても、この家で一緒に夕飯を食べるようになってからも、この位置からこの声を聞いたことはなかった。

早苗は息を呑《の》み、吐き出す声を微《かす》かに震わせる。

「……私は、迷惑だなんて言っていません」

「毎日、仕事帰りに夕飯を用意して来てくれるなんて、大変じゃないわけがないだろう」

「大変じゃありません」

「でも」

「やりたくないことならやっていません」

安藤は言葉を止め、それからふっと息を吐いた。

「……君がそう言うんなら、そうなんだろうな」

安藤のセリフに、早苗は立ち尽くす。検索ワードに引っかかったように、唐突に数カ月前の映像が蘇《よみがえ》った。

大学の学食で、人がたくさんいた。

壁に備えつけられた大型テレビから漏れる音声、食事を注文する学生の声、レジカウンターの開く音、直前まで受けていた授業についての愚痴、サークルの恋愛模様に関する噂話、笑い声、囁《ささや》き声、携帯カメラのシャッター音——無数の音が混じり合っていて、早苗は思わずたじろいだ。

キャロットへ行こう、と考えた。

ここから徒歩四分のイタリア料理店で、ランチで最低千三百円と少々値は張るが、だからこそ出入りする学生はほとんどおらず、のんびりとした昼休みを過ごすことができる。

だが、思いついてすぐに移動しなかったのは水曜日だったからだ。キャロットに行くのは金曜日、水曜日は文学部棟とサークル会館の間の第一学食、と早苗の中では決まっていて、それを崩すのが嫌だったのだ。

仕方なく学生に交じって列に並び、鯖《さば》の味噌煮《みそに》定食を注文してお茶とカトラリーをトレイに載せた。ぐるりと辺りを見渡し、最初に目についた空席に向かって進む。先にトレイをテーブルに置き、続けて椅子に座ると、向かいの席に座っていた人間が「あ！」と声を上げた。

早苗は視線を上げ、「何か？」と首を傾げる。そこにいた学生らしき初々しい青年は、いえ、と言葉を濁してうつむいた。

早苗は箸《はし》を手に取り、味噌汁を口に含みながら青年の姿をじっと見つめる。誰だろう。ゼミの学生だろうか。自分のゼミにはこんな学生はいなかったような気がするが、正直自信はない。学生というものはすぐに印象を変えるからだ。黒かった髪の毛が茶色くなったり、メガネをかけていたのがかけてこなくなったり、せっかく苦労して顔を覚えても翌週には別人のようになって教室に入ってくる。だとすれば、この青年ももしかしたら自分のところのゼミ生なのかもしれない。

念のため名前を訊《き》いてみようか、と口を開きかけたところで、青年が隣にいた学生の肩を叩いて「先行く」と短く告げ、唐突に立ち上がった。皿には、まだ鶏《とり》の竜田揚げが一つとごはんが一口分残っている。そのくらいなら食べてしまえばいいのに、と思うが声には出さない。言葉にする前に青年が立ち去ったからだ。

まだ若いのにあれっぽっちも食べられないのだろうか。何か悩み事でもあるのだろうか——と考えかけて、思い出した。

ああ、あの子。

今日の一限目、教育学部生向けの「行動心理学概論II」で会話をしたばかりの学生だった。

二十名ほどのゼミ形式の授業で、彼だけがレポートを提出していなかったので、レポートはどうしたのかと訊いたのだ。青年は「すみません」と言った。答えになっていないので、早苗はもう一度尋ねた。

——それで、レポートはどうしたのですか。

青年は隣の学生と肘《ひじ》でつつき合い、なぜかニヤニヤと笑いながら答えた。

——すみません、実はちょっと家に空き巣が入っちゃって。

早苗は小さく息を呑んだ。

——空き巣？　大変ではないですか。被害状況は？

——お金とかは大丈夫だったんですけど、それでレポートが盗まれたみたいで。

この辺りから教室には忍び笑いが起こり始めた。だが、早苗には何がおかしいのかわからない。

——データのバックアップは取っていなかったんですか？

——いや俺手書きなんですよね。いやー残念だなあ、せっかく渾身《こんしん》の出来だったんですけど。

——それはさぞ残念でしょう。警察に被害届は？

——……別にお金とかは盗られてないんで。

その後も早苗が質問を重ねていくにしたがって青年は笑いを収め、やがて苦虫を嚙《か》み潰《つぶ》したような表情になったかと思うと、唐突に「すみません」と言って教室を退出して行ったのだった。

早苗はひとまず思い出せたことに納得し、改めて鯖に箸を伸ばす。するとそのときだった。

小沢さん、という声が背後から聞こえ、早苗は慌てて振り向いた。考え事をしている最中に話しかけられると気づかずに無視してしまうことが多い、と自覚していたからだ。だが、振り向いた先には人がいなかった。気のせいか、と体勢を戻すと、再び同じ方向から声が聞こえた。

――小沢さんっていつもああなの。

――ああって何がですか。

話しかけられているのかと思いきや、答える声がしたので早苗は混乱した。そっと上体をひねり、声の出所を目で追う。そこにいたのは、教育学部の近江《おうみ》教授と同僚の安藤だった。

――あれ、ふざけてんの？

近江教授の言葉に、瞬時に肝が冷える。それが悪口だとわかったのは、これまでに幾度となく向けられてきた言葉だったからだ。自分は何をしてしまったんだろう、と咄嗟《とっさ》に考えるが思い浮かばない。

――いくら何でも学生のあんなくだらない嘘に騙《だま》されるわけがないでしょう。聞けばあの人、いつもああだっていうじゃないですか。学生に媚《こ》びているのかもしれないけど、あれじゃ他の教員としても示しがつかんでしょう。

——そうですよね、僕もさすがに今のは嘘だってわかるだろうって思うことが多くて。

安藤の声が淀《よど》みなく答えた。早苗はすばやく顔を正面へ戻す。微かに震える手で茶《ちゃ》碗《わん》を持ち上げ、五穀米を箸ですくうようにつまんだ。口の中に運び、咀嚼《そしゃく》する。粟《あわ》が歯にすりつぶされる感触がした。けれど味はわからない。鯖を箸で切り取って食べても同様だった。考えていたのは、来月安藤の研究室と予定していた共同研究はやめるべきだろうか、ということだった。楽しみにしていたのに、と宙をにらむ。

安藤が続けたのは、そのときだった。

——だから本人に訊いてみたら教えてくれたんですよ。早苗さんは、嘘が見抜けないし嘘もつけないだけらしいんです。

早苗は目を見開いて安藤を振り向いた。

——嘘が見抜けないって、そんな馬鹿な。

鼻を鳴らして言った近江に、安藤はすんなりと返した。

——彼女がそう言うんだから、そうなんでしょう。

そうだ、あのとき早苗は思ったのだった。

この同僚は大切にしなければならない、と。

その感情が何という名前のものなのかはわからなかった。ただ、胸が熱くなるのを感じた。

「ありがとう」

安藤が言った。早苗は小首を傾げる。

「何がですか」

「君にはどれだけ救われているかわからないよ」

早苗は目をしばたたかせた。

「わからないんですか？」

反射的に訊き返すと、安藤は微笑んで「救われているよ」と言い直し、踵《きびす》を返した。ついてこい、という意味だろうか、と思案していると、それほど待たずに安藤が顔を出す。早苗の前まで静かに進み、すっと右腕を突き出した。反対側の手で手首を引かれる。手のひらを上に向けられ、その上に安藤の拳《こぶし》が重なった。柔らかい皮膚の中心に、硬くて冷たいものが触れる。安藤の手が離れ、下から現れたのはさっきテーブルに置いてきたばかりの合い鍵《かぎ》だった。

「これはやっぱり、早苗さんが持っていてくれ」

安藤の低い声が、吸いつくように耳に届く。早苗は、小さな金属をじっと眺めた。そのまま小さくつぶやく。

「持っているだけでいいんでしょうか」

ふっと頭上で息を漏らす気配がした。

「早苗さんさえよければ、これまでと同じように使ってほしい」

早苗は顔を上げ、安藤の目を見る。これまでと同じように使う。十九時にインターホンを押し、応答がなければ鍵を使って中に入る。やるべき事柄を頭の中で繰り返し、「はい」と早苗は大きくうなずく。

日曜日の二十一時、安藤家から帰って服を着替え、挽《ひ》きたてのコーヒーを一杯飲んだ早苗は、壁掛け時計を確認してから電話機の前に立つ。

受話器を持ち上げ、暗記している番号を一つひとつ丁寧に打ち込んだ。発信音が二回鳴り終わる前に、プツッと音が途切れる。毎週日曜日、決まった時間の定期連絡だけあって先方も反応が速い。

『もしもし』

微《かす》かにしわがれた女性の声がした。

「こんばんは、小沢早苗です」

早苗がいつものように口を開くと、ああ、と受話器の奥の声が柔らぐ。

『小沢さん、いつもすみません』

「今週の様子をご報告します」

早苗は前置きもなく話し始めた。安藤が食べたもの、休職の手続きが完了したこと、加奈のクラスメートたちが書いたという手紙の束を見たこと、十九時に訪れたら安藤がベランダで蹲《うずくま》っていたこと、合い鍵を返しかけ、改めて安藤から手渡されたこと。とにかくこの一週間に安藤家で起こったことを時系列に沿って述べていく。安藤の母親は口を挟むことなく、ただ小さく相槌《あいづち》だけを打った。

「以上です」

そこまで言って早苗が黙ると、受話器からは長く息を吐き出す音が聞こえた。

『そうですか……いつも本当にありがとうございます』

「どういたしまして」

ありがとう、の対になる言葉として早苗は答える。数秒の間があり、安藤の母が言った。

『あの……小沢さんは、加奈のこと、どう思われますか？』

「どう、とは」

『……加奈は、どうして自殺なんてしたんでしょう』

早苗は眉根《まゆね》を寄せる。何を訊《き》かれているのかわからなかった。加奈さんがどうして自殺したのか？　安藤の母親はなぜ私にそんなことを訊くのだろう。私が知るわけがない。それは本人にしかわからないことだ。

「わかりません」

早苗は短く言った。あ、と安藤の母親が言葉を詰まらせる。そうですよね、変なことを訊いてごめんなさい。続いたか細い声に、いえ、と早苗は返した。また、沈黙が落ちる。

切るところだろうか、と早苗は考えた。定期報告は終わった。電話を切るときのやり方を思い浮かべる。黙って切ってはならない。切ります、と宣言してもいけない。では、そろそろ、と言ってしばらく待つ。そうすれば相手が失礼します、と言い出す。その言葉に合わせて切ればいい。

早苗が、息をそっと吸い込んだときだった。

『いじめ……だったんじゃないかしら』

安藤の母親が言った。

「え？」

早苗は思わず訊き返す。だって、と言う安藤の母親の声がかすれてぶれた。

『だって、そうでしょう？　他に理由が考えられないじゃない。どのニュースだって子どもが自殺するのなんて大体それが原因だって……』

「いじめ」

早苗は口の中で復唱する。安藤の母親は遮るように口早に続けた。

『どうしてちゃんと調べないの、学校に訊けばわかることなのに。あの子はいつもそう。人と衝突するのが嫌いで逃げてばかりで何かあっても黙り込んじゃうのよ。でも娘のことなのに』

「では、そろそろ」

早苗はたまらずに言った。何となく、聞いているのが苦痛だった。安藤の母親が言葉を止め、声のトーンを下げる。

『お忙しいところごめんなさいね。それに何だか……つい感情的になってしまって。また聡のこと教えてくださいね』

「はい」

『じゃあ、おやすみなさい』

「おやすみなさい」

早苗は繰り返し、相手から「失礼します」が出るのを待った。けれどそのまま電話は切れた。ツー、ツー、と間延びした音を吐き出す受話器をぼんやりと眺め、いじめ、とつぶやく。

——どうしてちゃんと調べないの、学校に訊けばわかることなのに。

学校に訊けばわかることなのか、と早苗は思った。

だったら訊けばいい。

時計を見上げ、しばらく考えてからキッチン前に備えつけられたホワイトボードの前に向かう。明日の予定の欄に、ゆっくりと書き込んだ。

午前九時、私立創律女子学院高等学校へ電話。

3

——十月二十三日九時十八分　新海真帆

真帆は、橋の上で足を止めた。

欄干にもたれかかり、宝石を贅沢《ぜいたく》にちりばめたようにキラキラと輝く川面をぼんやりと見下ろす。

橋からの景色は、いつもどこか寂しく、懐かしい。

ここに立つと、真帆は泣きわめきたいような衝動に駆られる。大声で叫んで、頭を搔《か》きむしって、髪の毛を引き抜いて、ここから飛び降りてしまいたい。そう思いながら携帯を取り出し、機械的に指を動かす。

受信ボックスに並んだ咲からのメールに〈おはよう〉と返信を打ち込んだ。あのさ、今日、と続けたところで手を止め、キャンセルボタンを押す。メッセージを保存しますか——現れた文字を無視して待ち受け画面に戻し、携帯を鞄《かばん》にしまった。汗ばんだ手のひらを制服のスカートにこすりつけ、ずれ落ちたメガネを指で直して再び歩き始める。足取りが重かった。行きたくない。そう思いながら、一歩一歩、学校に向かって歩を進める。

真帆は、幼稚園の頃から園や学校を休んだことがない。

風邪をひいても、交通事故に遭って足の骨を折っても、必ず午前か午後のどちらかは学校に顔を出した。何があっても休もうとしない真帆を、周りの大人たちは偉いと褒め、周りの子どもたちは気味悪そうに見た。

マホちゃんってすごいよね。あたしだったら絶対休んじゃう。せっかく風邪ひいて堂々と休めるのに。

そういうとき、真帆は決まって父親のせいにした。

そうなんだけど、うち、お父さんが厳しいんだよね。そんなことで休んでどうするんだって怒るからさ。

苦笑してみせると、相手はひとまず納得する。

ふうん、そうなんだ。大変だね。マホちゃんかわいそう。

本当は、真っ先に休めと言うのが父親だった。一日くらい休んだってどうってことないだろう。そんな状態で学校に行ってもみんなに心配をかけるだけだ。仕事じゃないんだから、休んだところで誰に迷惑をかけるわけでもない。

父親にいくら大事を取れと言われても、真帆は聞かなかった。ううん、大丈夫。休むほどじゃないから。どうしても学校へ行きたがる真帆を父親は少し不安そうに見やったが、母親が、いいじゃないの本人が行くって言ってるんだから。学校に行きたくないって言う子よりよっぽど安心よ、と口添えするとそれ以上は止めなかった。

真帆は学校を休むのを嫌がったが、だからと言って学校が好きだったわけではない。むしろ本当は嫌いだった。常に空気を読み続けなければならない空間も、グループに属さなければならず、さらにその中でも一人が席を外すとみんなでその子の悪口を言い合うような人間関係も。

それでも休もうとしなかったのは、一種の強迫観念からだ。

自分が休んでいる間に何か重大な出来事が起こるのではないか。それに取り残されたら、その後ずっとその話に乗り遅れ、挽回《ばんかい》することはできないのではないか。そうした根拠のない不安が、真帆を学校へと向かわせる。

実際には、休まず学校に行っていても後々まで語りぐさになるような出来事は起こったことがなかったし、そんなものがそうそう起こるはずがないことも頭ではわかっていた。

けれどたとえば、熱があって今日は休もうと家の布団の中にいると、自分がこうしている間に同じグループの子たちがみんなで自分の悪口を言っていて、それが一日の間に盛り上がって明日からあの子を仲間外れにしようという話になっていくのではないか、という妄想に近い想像に取りつかれて、結局三時間目くらいには学校に行ってしまうのだった。

——ちょっと加奈、やめなよ！　危ないよ！

ふいに脳裏に自分の声が蘇《よみがえ》った。同時に、半透明のスクリーンに映し出されるようにして眼前に映像が浮かぶ。

ベランダの手すりに立った加奈の、紺色のスカートから伸びた白い脚。膝《ひざ》が震えていて、腰が引けていて、生まれたての子鹿みたい、とおかしく思った。

いーち、にー、と心の中でゆっくり数え始めて、さー、に差しかかったところで、加奈の身体がふわっと浮いた。

——え？

思わず漏れた声が、自分のものではないように遠く聞こえた。加奈の裸足《はだし》の裏が手すりから離れ、プリーツスカートの襞《ひだ》が広がる。そのまま音もなく、手すりの向こう側へ消えた。

どうしようどうしようどうしよう——心臓を誰かに直接踏まれているかのように鼓動が全身に響き、目の前が真っ暗になる。顎《あご》が震えて歯が細かく鳴る。口の中が急に喉《のど》まで乾いて、声が出ない。

地面がぐらりと揺れ、倒れる、と思うと同時に尻《しり》の下に強い衝撃が来て、遅れて手のひらにコンクリートのざらつきを感じた。

——この漫画、面白いね。わたしも買っちゃった。

真帆が貸した漫画を手にはにかんだ加奈の顔が、唐突に脳裏をよぎる。

違う、違う、こんなはずじゃ——

気づけば必死で咲の姿を探していて、教室の端に目を大きく見開いた咲を見つけた途端、声が行き場を見つけたように喉の奥から飛び出した。

その叫び声が、本当に自分のものだったのかはわからない。教室のあちこちから言葉にならない高音が響いていて、咲の前へ這《は》っていくと目の前から悲鳴のような泣き声が聞こえた。整った顔をくしゃくしゃに歪《ゆが》め、全身を震わせて泣き出した咲に、頭が真っ白になる。

——どうして加奈が。

咲は思わず耳をふさぎたくなるような悲痛な声で言いながら、髪の毛を強く掻きむした。

——加奈が、そんな、自殺なんて……

その日は、延々と続く職員会議のためにほとんどの授業が自習になった。咲につられたように泣き出す子もいれば、呆然と携帯をいじり続けている子、目撃してしまったことを熱に浮かされたように説明していく子もいた。

その中で、真帆と咲は声を上げて泣き続けた。

何を悩んでたんだろう。どうして気づいてあげられなかったんだろう。あんなに一緒にいたのに。親友だったのに。

本当に悔しそうに泣きじゃくる咲に合わせて涙を流しながら、真帆はそんな場合ではないとわかっていながらも加奈に嫉妬《しっと》していた。咲が親友という言葉を使った。親友。友達の中で一番仲の良い子に使う言葉。咲の親友はあたしだと思ってたのに。咲は加奈のことが嫌いなんだと思ってたのに。咲にとって加奈はこんなに泣くくらい大事な友達だったんだろうか。もしこれがあたしだとしても、咲はここまで泣いてくれるだろうか。

そこまで考えて、こんなときにそんなことを考えてしまう自分に嫌気がさしてまた泣いた。

真帆は混乱していた。悲しめばいいのか、恐れればいいのか、どういう態度を取るのが一番ふさわしいのか。

答えをくれたのは、咲だった。その日の帰り、手をつないで鼻をすすりながら、真帆はようやく言った。

――どうしよう、咲。あたしたちのせいだよね。あたしたちが、

――何言ってるの。

咲は、はっきりと答えた。それまでのすがるような涙声とは違う、強い声音で。

――私たちのせいなんかじゃない。だって私たちはあの子の友達だったでしょう？放課後には一緒に遊んで、学校でもいつも一緒にいた。今日、誰かがうちらのせいだって言った？　私たちのせいじゃないよ。失恋とかかもしれない。将来のことで悩んでたのかもしれない。ほら、加奈のとこお母さんいないから。父親とうまくいってなかったのかもしれない……あの子は何も言ってくれなかったからわかんないけど。ねえ、真帆もそう思うでしょう？

真帆は、呆然《ぼうぜん》と咲の言葉を聞いた。失恋、将来、父親――そんな悩み、加奈から聞いたことなどない。そんなものがあったとも思えない。そもそも、加奈は自分から手すりに立ったわけではなかった。――だけど、そう。もし加奈が話してくれなかっただけで、一人で悩んでいたのだとしたら？　手すりに立ったのは罰ゲームのせいでも、そこから飛び降りたのは加奈自身で、理由もあたしたちとは関係ないことだったのだ

としたら?

次の瞬間、真帆はうなずいていた。するとすかさず、咲がつないだ手に力を込めて柔らかく続ける。

――大丈夫、私たちなら絶対うまくやれる。ね、一緒に頑張ろう?

私たちなら、一緒に、という言葉で心が一気に軽くなるのがわかった。そうだ、あたしには咲がいる。その思いは、自分を強くしてくれるような気がした。

でも、とあれからひと月以上が経って真帆は思う。

もしこれから、咲に嫌われてしまったらどうすればいいんだろう。

今さら、他のグループになど入れないことはわかっていた。事故の直後こそ、加奈との間に何があったのかを知りたいという好奇心からか話を聞きにくる子が何人かいたものの、咲が思い出すのもつらそうな様子でわからないとだけ繰り返すと、やがて元のグループに戻っていった。

加奈がいた頃は、加奈さえいなければ、と何度も思った。けれど、実際に加奈がいなくなった今、咲に突き放されたら一人になるしかないのだ。

真帆は前と変わらずそびえ立つレンガ造りの校舎を淀《よど》んだ目で仰ぐ。見慣れているはずなのに、なぜか知らない建物のように見えた。昇降口に入ると重たい腕をけだるく持ち上げ、下駄箱を開けて上履きに履き替える。その黒ずんだつま先をにらみつけながら、踏みしめるようにして階段を上がった。

〈一—D〉というプレートを見上げて息を吐き、両手を使って後ろのドアをそっと開ける。チョークを持ったまま振り返った教師に小さく会釈をして、うつむきがちに席へと向かった。

九時三十分——時計を確認してから鞄《かばん》を置いて椅子に座り、斜め前の席に顔を向ける。

咲の姿はなかった。

一時間目の残りの十分は、授業内容がまったく頭に入ってこなかった。

額の縁《へり》を粘つくような濃い汗がゆっくりと滑り落ちる。真帆は拳《こぶし》を強く握りしめ、黒板の横に貼られた時間割を見上げた。

一時間目　国語、二時間目　聖書、三時間目　物理、四時間目　体育、お昼休み、五時間目　音楽、六時間目　日本史。

二時間目まではいい。でも、物理は教室移動がある。そして四時間目の体育とお昼休み——真帆は、周りのクラスメートが連れだって笑いながら歩く中、教科書と筆記具を胸に抱えて一人で廊下を進む自分の姿を想像した。誰とも向き合わず、机の木目を見つめてお弁当を食べる自分を。

淡々と一人で廊下を歩き、体育の時間は他の余っている子とペアを組み、誰と喋《しゃべ》るでもなく文庫本を読みながら昼食を終える。そうした子がクラスで他にいないわけではない。

けれど真帆は自分がそうするのがたまらなく嫌だった。恥ずかしい。一人でいることも、一人でいるところを周りに見られることも。

真帆はきつく目をつむり、今すぐ帰りたくなる衝動に耐えた。

――もし、あたしが帰ったあとに咲が来たとしたら、咲はその間に一人で他のグループに入ってしまうかもしれない。

泣きたいような憤りが浮かぶ。

――ねえ、咲。どうして勝手に休んだりするの。

真帆は一時間目が終わるや否や、携帯を片手に席を立った。ベランダへ出て、握りしめた手のひらをぎこちなく開く。

発信履歴を見つめ、震える指で咲の名前を選んだ。咲。お願い咲、電話に出て――

『はい』

気の遠くなるような発信音の後、寝起きのような低い声が聞こえた。

「咲？」

『何』

突き放すような声に真帆はおののく。どうしてメールの返信をくれないの。心の中に浮かんでいた思いを飲み込み、乾いた口を開いた。

「いや、咲、今日休みだっていうから、大丈夫かなと思って」

『ああ、平気。別に風邪とかじゃないし』

じゃあ何で、と言おうとして口をつぐむ。咲の声には明らかな苛立《いらだ》ちがあった。何だろう。何があったんだろう。わからない。でも、咲は何かに怒っている。

『真帆』

咲が言った。真帆は咲が自分の名前を呼んだことに少しだけほっとして、勢いよく「うん」とうなずく。

『うちらが加奈にしたこと、誰かに話した？』

「え？」

何を言われているかわからなかった。加奈にしたこと？　頭の中で封印したはずの記憶が弾《はじ》けるように蘇《よみがえ》ってきてしまう。加奈を誘わなかった合コンの話で咲と盛り上がってみせたときの、加奈の強張《こわば》った表情。あんたのせいでお母さん死んじゃったのにね——そう笑いながら言った自分の声。加奈の財布を手にしたときの、革のぬめるような感触。

シャツの下の二の腕がざわりと毛羽立った。

「言うわけないじゃん！」

真帆はとっさに声を荒らげてから、窓際のクラスメートが振り返ったのに気づいて窓に背を向ける。ひどい、せっかく忘れようとしているのに。

――私たちのせいじゃないよ。失恋とかかもしれない。将来のことで悩んでたのかもしれない。

そう言ったのは、咲だったはずなのに。

「どうしてそんなこと訊《き》くの？」

声をひそめ、恨みがましく言った。咲の声は返ってこない。

沈黙が続いた。真帆は視線を泳がせ、口を開きかける。でも、何を言えばいいのかわからない。乾いた唇をそのまま閉じた。

『昨日の夜、うちに岩崎から電話があったの。安藤さんと喧嘩《けんか》したりはしてなかったかって』

真帆は強く息を呑《の》む。

「どうして」

『でしょ？　直後ならともかくどうして今さらそんな……とりあえずすぐに否定して、疑うなんてひどいって泣いたら、そうよねごめんねってあっさり引き下がったけど』

真帆は息を吐いた。ぎゅっと縮こまった内臓を、温めるように服の上から押さえる。

だが、咲は『私、思い出したんだけど』と続けた。

「何を？」

焦《じ》らすような口調に、緊張した心がささくれ立つ。ぎりぎりと締められたネジが軋《きし》むような音が、こめかみの内側から聞こえる気がした。

『加奈、日記書いてるって言ってなかった？』

日記？　真帆は眉《まゆ》をひそめる。頭が混乱して、その言葉が何を意味するのかがわからなかった。ただ、咲の声の持つ異様な切迫感に胸の奥がざわつく。

「……知らない」

かろうじて出た声は、自分でもわかるほどかすれていた。

『私もちゃんと覚えてるわけじゃないの。でも、本当にこれで大丈夫かなって考えて、あって思ったの。たしか入学したばっかりの頃、加奈、日記書いてるって言ってなかったかなって』

「あたしは聞いてないよ」

真帆は熱を持った携帯に伸びた爪を立てる。耳が熱い。視界が狭い。

『そうだよね、私の勘違いかもしれない。他の子の話だったのかもしれないし、もし加奈の話だったとしても、すぐに飽きてやめてたかもしれない。……でも、もし直前まで書いてたとしたら？　あれはもう自殺だってことになってて、原因も母親のことで片がついてるけど、もしそんな日記が出てきて、加奈のことをいじめてたのが私たちだってばれたら』

真帆は、愕然《がくぜん》と目を見開いた。私たちがいじめてた。その言葉が咲の口から出たのは初めてだった。

「咲」

『とりあえず絶対誰にも何も言わないで。……そうだ、学校早退できる？　岩崎に会ったりしたら面倒くさいし』

咲の声が遠い。喉《のど》の内側が腫れ上がっているかのように息苦しい。

「……わかった」

真帆はそれだけを小さく言うと、電話を切った。顔の脂で白くなった画面を数秒の間呆然《ぼうぜん》と見下ろす。

席まで戻り、震える手で鞄《かばん》をつかみ上げた瞬間、教室の前のドアが滑るように開いた。現れた教師の姿に、肩が小さく跳ねる。詰襟を思わせるブルーグレーのローマンカラーとシンプルな紺のジャケット——真帆はその手に納まった聖書を視界から締め出しながら、牧師でもある教師の元へ駆け寄った。

「すみません、体調が悪いので早退させてください」

「大丈夫ですか」

頭上から降る声に応《こた》えず踵《きびす》を返す。

チャイムの音が聞こえた。讃美歌《さんびか》の旋律をパイプオルガン風の音で再現したという、区切りの不明瞭《ふめいりょう》な音から逃げるように、真帆は教室を飛び出す。

間延びした音は、鳴り終わってもなお反響を続けている。

――これは、何という名の讃美歌だったか。

なぜ、今そんなことが気になるのかはわからなかった。

第三章

1

——十月二十三日二時四分　木場　咲

身体の上に、何かが乗っている。太腿《ふともも》から膝頭《ひざがしら》にかけて、そこを押さえ込まれると脚を曲げられない位置に。

何が乗っているのだろう、と怪訝《けげん》に思い、まぶたが開かないことに気づく。まぶただけではない。脚も、口も、腕も、指先さえも、たった一センチすら動かせない。

金縛り、という言葉が浮かんだ。それから一瞬遅れて、金縛りは脳だけが覚醒《かくせい》しているために身体が動かない状態だという思考がついてくる。

そうだ、幽霊なんているはずがない。落ち着いて、身体が目覚めるのを待てばいいだけだ。

咲はそう自分に言い聞かせながら、けれどどうしても気持ちが焦るのを抑えられない。

真上から、何者かの視線を感じる。叫び声を上げたいのに声が出せない。逃げなければと思うのに、目を開けることさえできない。

黒い手がゆっくりと伸びてくるのがわかる。全身を包み込むように覆う饐《す》えた匂い。すぐ目の前に、覗《のぞ》き込むようにして近づいてくるがらんどうの目。

殺される——

どくん、と心臓が大きく波打った瞬間、咲は目を見開いていた。慌てて首を持ち上げ、身体を見下ろす。

見慣れた布団のハイビスカスの模様が視界に入った。咲はぬるく淀んだ息を荒く吐き出し、室内を見回す。秒針が時を刻む音だけが、やけに大きく響いている。

額ににじんだ汗をロングTシャツの袖《そで》で拭《ぬぐ》い、仰向けのまま携帯に手を伸ばした。指先に触れた無数のラインストーンの一つに爪をかけて手繰り寄せ、電源ボタンを押す。突如目の表面を焼いた無機質な光に顔をしかめた。慎重に目を開き、探るように青白い画面を見つめる。まだ、午前二時を過ぎたところだった。

べたついた上半身を持ち上げて布団を引き剝《は》がす。ルームソックスに包まれた足をするりと引き抜き、ベッドに横向きに座った。

——ねえ、木場さん。

岩崎からの電話を反芻《はんすう》する。何を訊かれたか。どう答えたか。そこに落ち度はなかったか。

『夜遅くにごめんなさいね。でも、先生考えたら不安になっちゃって……安藤さん、お母様のことで悩んでたそうだけど、本当にそれだけだったのかしら』

「……どういう意味ですか」

思わず声が尖《とが》るのを止められなかった。

『ごめんなさい。おかしなことを言ってるのは自分でもわかってるんだけど、夜寝ようとすると、何て言うのかな……耳鳴りがするの。本当に小さい音なんだけど、いつまで経っても消えなくて、どうしても、安藤さんのことを考えちゃうのよ』

病院に行けよ、と思ったけれど、声には出さなかった。ため息を堪《こら》え、心底見下す。馬鹿じゃないの。そんなこと、私に訊いても意味がないのに。

「私には……わかりません」

殊勝な声が出せたと思う。岩崎が、あ、と言ったきり言葉を詰まらせるのが伝わってきて、苛立《いらだ》ちのあまり手のひらに爪が食い込むのがわかった。

『そうよね、うん、そうだとはわかってるんだけど……でも、ねえ、どんなにつらいことがあっても、自分を大事に思ってる人がいるなら、本当に死のうとすることなんてできるのかしら。……違うの、木場さんたちはすごく仲良くしてくれてたと思うんだけど、たとえば、ほら、喧嘩《けんか》しちゃってたなんてことは』

「ひどい」

口から漏れたのは、本音だった。自分を大事に思ってる人、仲良くしてくれてた、喧嘩。何て貧困なイメージだろう。気持ち悪い女、と思うと同時に鳥肌が立った。

「私たちが悪いっていうんですか？　喧嘩なんかしてないです。私たち親友だったのに……加奈は私には何も相談してくれなかったけど、でも私は、親友だと思ってた。……私にも言えないくらいつらいことだったのかもしれない。ずっと一人で悩んでたのかもしれない。どうして気づいてあげられなかったんだろう……」

余計なことは言っていないはずだ。親友に自殺されてショックを受ける女の子。何も、ミスはしていない。

『違うのよ、ただ、ちょっと今日……学校に電話があって』

岩崎は迷うように言葉を切った。電話？　促すように訊《き》き返してやると、ええ、と困惑した声が戻ってくる。

『いじめの事実はなかったのかって言うの』

咲は大きく息を吞《の》んだ。衝撃に言葉を失ったのをどうとらえたのか、岩崎が慌てたように続ける。

『変なこと訊いてごめんなさいね。先生もいじめなんかなかったってわかってるの。だって、安藤さんは誰かに嫌われるような子でもなかったでしょう？　たぶん、どこかのマスコミの人だと思うんだけど』

「それ、男性でしたか？」

『どうして？』

「いえ……そんな風に考えるのは、加奈のお父さんなんじゃないかと思って」

『ああ、それは違うわ。若い女の人だったから』

本当なのか嘘なのか、聞き分けることはできなかった。でも、そんなことで嘘をつく必要があるだろうか。

咲はコードレスの子機を口元から外し、ごくりと生唾《なまつば》を飲み込む。この様子なら、電話相手として自分を選んだ理由に、加奈と仲が良かったからという以上のものがあるわけではないだろう。岩崎自身も、おそらくいじめがあったなどとは思っていない。いや、思いたくないはずだ。いじめがあったとなれば、岩崎も責められる。どうして気づかなかったのか。何かできなかったのか。止められなかったのは教師の責任ではないのか。

だから岩崎は、とりあえず確認を取るだけで、それ以上は踏み込もうとしない。いじめがあったんじゃないの、ではなく、喧嘩しちゃってたなんてことは、と訊く。

『そうだ、これは前から言われてたことなんだけど』

声のトーンを少し上げて、岩崎が続けた。

『安藤さんのお父様がね、木場さんたちに会いたいそうなの。本当はお葬式のときに

っ挨拶《あいさつ》できたらよかったんだけど、バタバタしてたし、どの子だかわからなかったから
って』

「え？」

『もちろん、まだそんな気になれなかったらいいの。でも、お父様も木場さんたちの話を聞けたら気持ちが慰められるんじゃないかしら』

真帆と相談してみます、と答えて電話を切ったものの、その後はもう一睡もできなかった。

加奈の父親はどこまで知っているのだろう。私たちに会って何をしようとしているのだろう。加奈は、何か私たちがしたことがわかるようなものを残していたのだろうか。

加奈が死んでから一カ月。そんなものがあれば、とっくに見つかっているはずだ。たとえ残していたとしても、直接疑いの目が向けられないということは、詳細はわからないレベルのものなのかもしれない。そう自分に言い聞かせる一方で、疑念が頭をもたげる。

だけどもし、まだ見つかっていないだけだとしたら？

考え始めると、今にも再び電話が鳴り出しそうな気がして、震えが止まらなかった。

もし騒ぎになったとしても、その時点で遠くの町に引っ越して転校してしまえば、

それ以上追及されることはないのかもしれない。だが、いくらテレビでは未成年の実名報道はしないとはいえ、ネットがある以上、どこにも名前が出ないということはないのではないか。第一そうなったら――デビューなんてできるはずがなくなる。もしデビューできても、有名になればなるほど、スキャンダルとして暴かれる可能性が高まる。

咲は、爪を立てて頭皮を掻《か》きむしる。

友達の誕生日にサプライズプレゼントをしたエピソード。もてるけれど誰ともつき合わない、高嶺《たかね》の花のイメージ。美人なのに気さくで、誰からも好かれる――デビュー後にどこでどう取り上げられても恥ずかしくない過去。

一つひとつ、時間をかけて積み上げてきたものが、ここにきて崩されようとしている。

友達をいじめて死に追いやった子なんて風評が出ようものなら、芸能人としての道は完全に断たれてしまう。

――普通が一番いいのよ。普通じゃないってことは不幸なことなの。目立てば足を引っ張られるし嫌われる。かわいさなんていつかなくなるけど、勉強して覚えたものはなくならないのよ。きちんと勉強して、いい大学に入って、いい会社に入って、素敵な旦那《だんな》様を見つけるのが女の子の幸せなの。

くだらない、狭い世界で生き続ける母親。

あんな風にだけはならないと決めたはずだったのに——

次の瞬間、母親、というところに引っかかりを覚えた。

あ、と声が漏れたのは、思い出すのと同時だった。

加奈は、母親が死んだ話をしていたとき、その頃から日記を書き始めたと言っていなかっただろうか。


真帆が来たのは、電話を切ってからちょうど三十分後だった。

「お邪魔します」

おずおずと頭を下げて玄関に上がる真帆に、

「大丈夫だって。親いないから」

と咲は苦笑してみせる。強張《こわば》っていた真帆の顔が微《かす》かにほころんだ。けれどすぐに気まずそうな表情に戻って、気遣わしげな視線を寄こす。

「でも、咲んちのお母さんって専業主婦だったよね？　しかも咲、風邪ひいたって言って休んだんじゃないの？」

「カルチャーセンター。あの人は娘が風邪ひいたくらいじゃ休まないよ。薬出してきて、ちゃんと寝てるのよって言って終わり。まあ実際、風邪なんかひいてないからどうでもいいんだけど」

「ああ」

真帆はうなずけばいいのかどうか迷ったようにうつむき、紺色のハイソックスに包んだ足をピンクファーのスリッパに通す。咲はシステムキッチンの内側に回り込んでから真帆を振り返った。

「オレンジジュースでいい？　アイスコーヒーもあるけど、私、コーヒーは飲まないからさ。うちの母親妙に細かくって、家にいるの私だけのはずなのに減ってたりすると変に勘ぐったりしてうざいんだよね」

「あ、お構いなく」

部屋を見回しながらソファに座る真帆を咲は横目で眺め、オレンジジュースのパックを開けてコップに注ぐ。値踏みするような不躾《ぶしつけ》な視線に不快感を覚えたが、笑顔を浮かべてコップを差し出した。

「汚い家で恥ずかしいけど」

「そんなことないよ！　うちなんかもっと全然古いし狭いしマンションだし」

真帆が弾《はじ》かれたように顔を上げて言い募る。

「えーでも隣のクラスの荻野《おぎの》さんちって、マンションの一室かと思ったらマンションごと荻野さんちのものだったんでしょ」

「ないない、うちはほんとにマンションの一室。築三十年」

またあ、とべたつく口調で返しながら、咲は密《ひそ》かに、本当にそうなのかもしれない、と思った。

咲たちの通う学校は、偏差値も授業料も高いためか裕福な家の子どもが多い。大半は普通のサラリーマン家庭ではあるが、親に医者や弁護士、大手商社の幹部や政治家を持つ子もいたりする。

互いの家に招待し合うのが友達の証《あかし》かのような風潮すらある中で、そうしたことを気にしそうな真帆が家に招きたいとも遊びに行きたいとも言わないのは、本当に自分の家にコンプレックスを抱いているからなのかもしれなかった。

「で、さっきの話だけど」

咲は真帆の隣、膝《ひざ》が触れ合うほどの距離に腰を下ろし、太腿《ふともも》の脇に両手を置いて覗《のぞ》き込むように真帆を見上げる。

「岩崎には会わずに済んだんだよね？」

「うん、あれからすぐ帰ったから」

真帆が神妙な顔でうなずいた。オッケー、咲はつぶやき、手を伸ばしてオレンジジュースに口をつける。舌の上でざらつく果肉を喉《のど》の奥に押し込むように飲んだ。

「ねえ、咲」

真帆がかすれた声を出す。

「やっぱり、うちらのせいなのかな」

咲は舌打ちが出そうになるのを堪《こら》え、

「何言ってるの」

どうにかそれだけを答えた。どうしてこの子はそうくだらないことばかり考えるんだろう。自分たちのせいだと思えば、その思いが表情や態度に出る。そうすればそれだけ、周りからも疑いの目を向けられる。どうして、そんな簡単なこともわからないのか。

「真帆、加奈が死んだのがうちらのせいだと思われたとしたらどうなると思う？」

真帆の視線がぶれるように揺れた。

「誰も味方なんかいなくなるよ。親には責められるし、先生には怒られるし、クラスメートには避けられる。話が広がれば中学の頃の友達にだって引かれるし、マスコミにだって騒がれるかもしれない。下手すりゃ退学になるかもしれないし、将来彼氏ができてもそれを知られたら振られるかも。就職にだって困ることになるかもしれない」

「そんな」

真帆が大きく息を吸い込む。咲はささくれを爪で挟んで剝《む》きながらため息をついた。

「まあ、うちはたぶん親にばれた時点で話が広がらないうちに適当に理由つけて転校させられるだろうし、そんなことにはならないだろうけど。……でも、真帆んちはそういうわけにはいかないよね？」

真帆は焦点の合わない目を手元に向ける。

「無理だよ。だって弟が中学に入ったばっかだし、引っ越すようなお金もないし……それにあたし、咲がいなくなったら……」

顔を重たそうに持ち上げ、すがるように咲の腕をつかんだ。

「ねえ、咲。あたし、どうしたらいい？」

咲はつかまれた腕を見下ろし、反対側の手で真帆の手を取った。潤んだ真帆の目を正面から見据え、ゆっくりと言う。

「真帆」

「大丈夫だよ。要は証拠が出てこなければいいの。だって今のところ誰も私たちのこと責めたりしてないでしょう？　責められたくなかったら、先に自分で自分を責めちゃえばいいんだよ。どうして気づいてあげられなかったんだろう、どうして助けてあげられなかったんだろう、親友だったのにって言って泣いてれば、よほどの確証がない限り、誰もそれ以上責めてこない。そんな風に自分を責めることなんてない、君のせいじゃないよって、むしろ同情してくれる」

咲はそこで言葉を止めた。真帆の顔が、内側に向かって握りつぶされるように歪《ゆが》んでいく。肩をひくつかせて喘《あえ》ぎ、重力に引っ張られるように口をぽかんと開けた。その空洞に向けて、咲は続ける。

「逆に言えば、証拠が出てきたらおしまいなの。ねえ、真帆。もし加奈が日記を書いてたとしたら、どうすればいいと思う？」

「わから、ない」

真帆は泣きじゃくりながら首を振った。咲はこれ見よがしにため息をつく。

「……ごめんなさい」

咲の腕をつかんだ真帆の手に力がこもった。爪が食い込む。咲は真帆の左右非対称な不格好な眉《まゆ》から目を背け、天井を仰いだ。真帆が堰《せき》を切ったように泣き声を上げる。その、泣くだけで誰かが何とかしてくれると信じているような幼い泣き方と互いの手をつかみ合った体勢に、咲は子どもの頃、繰り返しやった手遊び歌をふいに思い出す。せっせっせーのよいよいよい。

「やっぱり加奈のお父さんに謝りに行った方が」

「馬鹿なこと言わないで」

咲は叩《たた》きつけるように言った。真帆はびくりと肩を揺らす。

「謝って済む話なわけないじゃない」

「でも」

「全部正直に話して謝れば、真帆はすっきりするかもしれないけど、じゃあ加奈のお父さんはどうなるの？　娘がクラスメートにいじめられるような子だったってことがわかるだけで、余計つらくなるだけじゃない。どうしてそんなこともわからないの？」

真帆が小さな目を限界まで見開き、口をつぐんだ。咲は意識的に息を吐き出し、真っ直ぐに真帆を見据える。

「ねえ、真帆。謝るってことは、相手に判断を委《ゆだ》ねることなの。許すのか、許さないのか。悩むのは相手だけで、自分はもうただ答えを待てばいいだけの状態になる。それは結局、自分が楽になりたいだけってことでしょう？　真帆が本当に加奈のお父さんに悪いことをしたと思ってるなら、謝ったりなんてするべきじゃない」

真帆がこくりとうなだれるようにうなずくのを見届け、咲は時計を見上げた。いつの間にか十一時を回っている。母親の行ったお花の会が終わるのは十一時半、場所は自転車で五分の区民会館だ。

「とにかく今考えるべきなのは、どうすればこれ以上誰も傷つかずにこの話を終えられるかってこと」

咲は真帆の手から腕を引き抜きながら一息に言った。こうしている間にも、加奈の父親は日記を見つけ出しているかもしれない。そう思うと、叫び出したくなるような焦燥感が駆け巡る。早く、まずは状況を把握しなくては。早く、早く——真帆が私のコントロール下にあるうちに。

加奈の父親は、どこまでの情報をつかんでいるのか。放っておいても問題のない範囲なのか、そうではないのか。それを見極めるまでは、落ち着いて眠れる日は来ない。

「日記がないか調べるのは私がやるから。だから、真帆は絶対誰にも何も言わないで」

「咲」

「それから、この件で何かあったときにしか連絡してこないで」

「咲……」

「今日はもう帰ってくれる？」

ローテーブルに置かれたコップを二つとも取り上げ、ほとんど残っていた中身を流しに捨てる。真帆はのろのろと立ち上がった。よろめきながら鞄《かばん》を拾い上げ、玄関へと向かう。靴を履いてドアを出たところで、咲を振り向いた。

「ごめんね、咲」

咲は返事をせずにドアを閉め、足音が遠ざかるのを待たずに鍵《かぎ》をかけた。

東京メトロ有楽町《ゆうらくちょう》線千川《せんかわ》駅は、池袋から二駅の割に賑《にぎ》わしさはほとんどない。駅を出るとすぐ隣を大きな道路が通っていて、そのためか商店街もなく、コンビニや弁当屋、スーパーや薬局が道沿いにそれぞれ独立して並んでいる。

人が住むように作られているのに、他人との距離感は一定に保った華やかさのない都会――咲の暮らす上北沢《かみきたざわ》とどこか雰囲気が似ている気がした。

路地を一本中に入ると、今度は一転して住宅しか見当たらなくなる。クリーム色の壁に鉢植えの緑を配したカントリー調の真新しい一軒家、コンクリートにひび割れの目立つ無機質な四階建てアパート、円形の窓がドット柄のように並ぶ瀟洒《しょうしゃ》なマンション、ベランダに男性用下着の洗濯ものがはためく昔ながらの家には、軒先に野良猫が数匹たむろしている。

新しいものと古いもの、洗練されたものと生活臭にまみれたもの――相反する価値観が混在した雑多な空気の中に、加奈の家はあった。

ベージュの壁がのっぺりした印象を与える七階建てのマンションは、一見すると新しそうに見える。スロープで地下につながった駐車場は機能的な印象を与え、間接照明と現代美術館に展示されていそうなオブジェで彩られた広いエントランスはドラマに出てくるような趣があった。けれど、脇に増設されたらしいアルミ製の安っぽい駐輪場が、そのイメージを裏切っている。

咲はエントランスに戻り、斜めがけした鞄を上から押さえた。発信機と受信機のセットで四万一千円というのは痛い出費だが、背に腹はかえられない。

それにしても、と咲は二回瞬《まばた》きをする。盗聴器がこんなにも簡単に手に入るとは。試しに訪れた秋葉原《あきはばら》の店舗には、驚くほど多くの客がいた。大学生くらいの青年、ＯＬ風の女性、近寄ると異臭がするウィンドブレーカー姿の中年男性、制服のままの女子高生も数人いて、私服に着替えていた咲は幸いにもほとんど目立たなかった。

驚いたのは、盗撮カメラや盗聴器を買うこと自体は違法ではないということだった。咲が調べたところ、日本には販売や購入を制限する法律は存在せず、罰せられることがあるのは、設置する際の住居侵入罪や器物損壊罪、盗聴で知った情報を第三者に漏らすことによる電波法違反、書店などで商品を撮影することなどが含まれる窃盗罪、あるいは東京都では「公共の場所又は公共の乗り物において盗撮」をすると迷惑防止条例違反になるらしい。

盗聴内容が裁判の証拠として認められた例もあるんですよー。他の客に説明する店員の声を聞きながら、咲は所狭しと並べられた盗聴器を見比べた。

コンセント型、延長コード型、ボールペン型、キーホルダー型、折り畳み傘型、トランシーバー型、カード型、クリップ型、ぬいぐるみ型。会話用か電話回線用かでも種類が分かれ、棚の下のプレートには、それぞれの用途、受信可能距離、価格、特長がぎっしりと書き込まれている。

〈電波は安心のUHF帯！　VOX機能付で発見されにくい！〉

意味のわからない単語にたじろぎながら、咲はキャップのつばに顔を隠して物色を続けた。

小さく目立たない機種は、その代わりに電池が数十時間しかもたない。ぬいぐるみ型やキーホルダー型は加奈へのプレゼントだと言い張れないこともないが、万が一盗聴器が発見されたら誰が仕掛けたかがすぐにわかってしまう。折り畳み傘型やトランシーバー型は比較的電池寿命が長いが、見るからに怪しい。

今、加奈の家には誰が住んでいるのだろう。

咲は、視線を宙に浮かせて記憶を探った。加奈からは、祖父母と同居しているという話は聞いたことがなかった。だが、これを機に同居することになったという可能性も考えられる。加奈はいつだったか、引っ越したことはないと言っていた。元々、母親と父親と加奈の三人暮らしだった家に、残された父親のみが住むのは広すぎるのではないだろうか。

小型無線カメラと書かれたコーナーの前で足を止める。加奈の父親が一人で暮らしているのなら、カメラの方がいいはずだ。映像があれば、何をしているかもどんな人と会って何を話しているかもわかる。でも、と咲は伸ばしかけた手を止める。並んだ機種は、手のひらに収まるほど小さいとはいえ、どれも一目でカメラだとわかる形状をしている。無機質に輝くレンズを見つめながら、咲は指先を力なく丸める。どうやって設置すればいいのだろう。どこの部屋に？　部屋の間取りも家具の位置もわからないのに。

結局、咲が選んだのはコンセント型の盗聴器だった。取りつけるタイミングが難しいが、一度つけてしまえば電池を交換する必要もなく、コンセント以外の用途を疑われる心配もほとんどない。

――要は話の内容が聞ければいいのだ。誰に何を話すか、どんな電話をするか。

咲はエレベータのボタンを押し、点滅する数字を見るともなく眺めた。

加奈の葬式を思い出す。そこで自分が何をしたか。顔を見られていないか。

――大丈夫だ。

咲は生唾《なまつば》を飲む。

あのときはクラスの一員として焼香をしただけで、涙を流しているのも私だけではなかった。加奈の父親は終始呆然《ぼうぜん》としていた。一人ひとりの弔問客に会釈をするのもただ揺れているようで、一瞬眠っているのではないかと思ったほどだ。父親はきっと、弔問客の顔を確認する余裕すらなかった。

――安藤さんのお父様がね、木場さんたちに会いたいそうなの。本当はお葬式のときに挨拶《あいさつ》できたらよかったんだけど、バタバタしてたし、どの子だかわからなかったからって。

裏付けになる岩崎の言葉。

それに、加奈は私たちと写っている写真は持っていない。――加奈の父親は、私の顔を知らない。

軽快な音を立ててエレベータが止まる。咲はもう一度深呼吸をして足を踏み出した。わざわざデパートを回って探したヒールが高めのローファーが、リノリウムの床をコツコツと鳴らす。

〈五〇四　安藤〉

表札の前で立ち止まり、ゆっくりと腕を持ち上げた。黒ずんだボタンに指を押し込む。ピンポーン。間抜けな音が薄暗い廊下に響き、少し遅れてインターホンが外れる音がした。

『はい』

「突然すみません。安藤さんのクラスメートの笹川七緒といいます。……あの、安藤さんにお線香をあげたくて」

笹川七緒の名前を選んだのに、深い理由があったわけではない。ただ、クラスの中で一番孤立していて間違っても加奈の家に線香を上げに来たりはしなさそうなのが七緒だっただけだ。積極的にいじめられているわけではないけれど、友達もいない。昼休み、それぞれのグループでお弁当を食べるために机をくっつけて島を作ると、七緒の周りだけ床の面積が広がる。広い海に浮かぶ小さな孤島のように。

そう考えれば、七緒はクラスに必ず一人はいるような子だと言えた。

どのグループにも入らず、学校に来ても授業中当てられたとき以外は口を開かない、座敷わらしのような子。座敷わらしがいる家には幸運が訪れるというが、そうした意味でも彼らは座敷わらしに似ている。クラスのヒエラルキーの最下層に居続けることで、他のクラスメートのプライドを守ってくれる存在だからだ。不思議なことに、共学だった中学の三年間にも女子校である今のクラスにも、そうした子は男女を問わず存在した。

『今開けます』

低くしゃがれた声が続き、鍵が開く無機質な音が聞こえた。

「すみません、突然お邪魔しちゃって」

咲は細い声で言いながら、深く頭を下げる。

「散らかっていて申し訳ないけど」

現れた加奈の父親らしき男は、思っていたよりもやつれていなかった。頬はこけ、髪と髭《ひげ》は伸びているが、異臭はしない。ふうん、咲は意外な思いで、離れていく後ろ姿を眺めた。そうか、娘が死んでも父親は毎日風呂《ふろ》に入るのか。

「お邪魔します」

下を向いて言い、靴を脱ぐ。父親はスリッパを用意することもせず、白熱灯の薄暗い光に照らされた廊下を無言で進んで行った。奥に続くドアが開くと、白々とした明るさが黒い道に射し込む。

咲はうつむいたまま後に続き、整っているためか妙に生活感のないリビングへと足を踏み入れた。父親はソファセットの隣にある和室のふすまを開け、祭壇の前に膝《ひざ》をついて流れるような動作で蠟燭《ろうそく》に火をつける。

祭壇の中央には加奈の写真があった。その奥の仏壇に掲げられている遺影は、加奈の母親だろうか。一目見て似ていると思うほどではないが、よく見れば口元がそっくりだ。

「加奈、お友達が来てくれたよ」

笑顔のまま固まった加奈の写真に向けて父親が語りかけ、すっと立ち上がった。その唐突な動きに、咲は思わず全身を強張《こわば》らせる。けれど、父親はそのまま脇を通り過ぎ、リビングへ戻って行った。

咲はいつの間にか詰めていた息を吐き出し、和室を見渡す。

コンセントの場所はすぐに見つかった。畳まずに丸められた布団の陰だ。リビングを横目でうかがうと、いつの間にかまた戻ってきていた父親と目が合う。

咄嗟《とっさ》に顔を伏せ、意識的に脚を動かして祭壇に向き直った。

——やっぱり超小型機種にすればよかっただろうか。

咲は膝を折りながら足元にコンセントを隠し、線香を手に取る。一本だっけ、二本だっけ。灰になった線香が並ぶ一角を確かめ、一本だけを手に取る。蠟燭にかざし、先端についた火を口で吹き消した。白い煙がたなびくのを見て、あ、口で吹いちゃいけないんだった、と思う。チーン、チーン、鈴を二回鳴らし、二回でいいんだっけと不安になりながら手を合わせた。

祭壇や仏壇を前にするといつも緊張する。死者の前だという意識があるからではない。正確な手順がわからないためだ。死者なんかいない、と咲は思う。死んだ人が、こんなところにいるわけはない。

合わせた両手の親指に額をつけるように頭を下げながら、思考を巡らせる。とりあえず、父親は私の顔を知らなかった。あとは盗聴器をどこかに設置し、日記があるかどうか確認するだけだ。

顔を上げ、目を開けると、ふっと背後に気配を感じた。思わず飛びすさるように振り向く。コンセントの先が尻《しり》の肉にめり込んだ。
「あ、ごめん、驚かしちゃったかな」
跳ね上がった心臓から痛いほどの勢いで血が流れ出していくのがわかる。咲は荒く
なりそうになる呼吸を必死に止めた。
――この男は、本当は私が誰だかわかってるんじゃないか。私が加奈に何をしたの
かもわかっていて、素知らぬふりをして招き入れたんじゃないか。
急に、家に来たことが愚かな行動だったように思えて、慌てて手の中にコンセント
を握り込んで立ち上がる。胸の前で鞄《かばん》を抱え、振り切るように腰を折った。
「ありがとうございました」
「お茶菓子は切らしちゃってるんだけど」
言われた言葉にリビングを見ると、ダイニングテーブルにマグカップが二つ置かれ
ている。
「いえ……あの、もう帰りますから」
「せっかくだしお茶でもどうかな。ああ、そうだ。りんごならあるんだけど、りんご
は嫌いかな？」
「え」
安藤は、返事を待たずに踵《きびす》を返し、果物ナイフと皿を手に戻ってきた。それが罠《わな》な

のか、判断がつかない。

「ほら、座って」

どうすればいいかわからず、指し示された席に腰を下ろしてしまう。父親は斜め前の席に座り、左手に持ったりんごにすっと刃を入れた。

「君は」

「あ、笹川です」

「失礼。ササガワさんは、加奈と仲良くしてくれていたのかな？」

「……はい」

「お葬式にも来てくれたんだろう？　正直、クラスの子で家まで来てくれたのは君が初めてなんだ。ありがとう。加奈も喜んでいると思う」

くるくるとりんごを回し、半分まで白い中身が見えたところで皮が落ちた。本当に気づいていないのだろうか。咲は力なく首を振ってみせ、じっと黙り込む。父親が何かを言いかけ、やめたのがわかった。

沈黙が落ちる。早く、早く訊《き》いて帰ろう。

「……あの」

「ん？」

「安藤さんは、本当に遺書は残さなかったんですか？」

父親の目が、微《かす》かに見開いた。咲は目を逸《そ》らしたくなるのを堪える。

「ああ、何もなかった」

「日記とかも？」

重ねて訊くと、父親は静かにうなずいた。

「よく探したんだけど」

心臓を握りつぶそうとしていた何者かの手からふっと力が抜けたように、身体が急に軽くなる。笑顔を堪《こら》えるのだけが大変だった。目の前に置かれた紅茶に口をつけ、大きなマグカップで顔を覆うように隠す。テーブルに戻すと、頬の内側に力を込め、そうですか、と低くつぶやいてみせた。

よかった、日記はなかったのだ。日記を書いていると言っていたのは、きっと誰か別の子だったのだろう。あるいは、以前は書いていたが書くのをやめて捨ててしまったか。どちらにしても、これで大丈夫だということだ。もう何も心配はいらない。

そうとなれば、一刻も早く帰り、この顔を忘れてもらうことだ。私が笹川七緒ではないことを除けば、問題はもうどこにもない。

「……あの、じゃあ私はそろそろ」

咲は言いながら席を立った。え、と戸惑った声を上げる父親に構わず、椅子をテーブルの下に戻す。

「ちょっと待ってくれ、よかったら加奈の話を……」

「ごめんなさい」

短く遮り、玄関へ急ぐ。不自然なのはわかっていたが、話につき合う気には到底なれなかった。電話にすればよかった、と今さらながら悔やむ。そうだ、何でわざわざ来てしまったりしたんだろう。それも、偽名まで使って。日記があるかなんてどこかの記者のふりをすれば聞き出せたんじゃないか。日記がないとわかれば、盗聴器を仕掛ける必要もなかった。顔を覚えられる危険を冒すこともなかった。焦るあまり思考力を失っていたとしか思えない。ただ、線香を上げたい、というのが一番自然なような気がした。それしかない、と思い込んでしまっていたのだ。

——私は、どうしてしまったんだろう。

靴を履き、もう一度頭を下げようとしたところで、腕を強くつかまれる。ひっ、声にならない空気が喉《のど》を締めつけた。反射的に腕を振り払い、玄関のドアをつかむ。ガタッ、全身で押した力がそのまま腕に跳ね返り、パニックになりそうになる。

「違うんだ！」

叩《たた》きつけるような声に、瞬間頭が真っ白になる。あ、鍵《かぎ》がしまってるんだ、と遅れて気づき、つまみに手を伸ばしたときだった。

「日記があるかもしれない！」

続けて聞こえた言葉に、咲は動きを止めた。

2

——十月二十五日十六時三十四分　安藤　聡

日記があるかもしれない、と口にしたのに深い考えがあったわけではない。

ただ、引き留めなければ、と強く思った。わざわざ、加奈に線香を上げるためだけに家まで来てくれた子から、どうしても加奈の話が聞きたかった。

唯一、彼女の方から訊かれたのが遺書と日記のことだったのだ。彼女の関心を惹《ひ》くのにそれしか思いつかなかった。

「加奈の部屋には日記がなかった。……でも、一つだけ探せていないところがあるんだ」

わざともったいつけるように言うと、ドアノブをつかんでいた華奢《きゃしゃ》な手がすっと下りた。もう少し、もう少しで引き留められる。

「一緒に探してくれないか」

言いながら、苦しい理由だと思う。急いで帰ろうとしたのは用があったからかもしれない。祭壇を前にしてつらくなってしまったのかもしれない。そもそも、この頼みに何の脈絡もないことは自分でもわかっていた。

だが、加奈よりも頭一つ分背の高い少女は背を向けたまま、小さくうなずいた。安藤は、ひとまず帰らずにいてくれることに安堵《あんど》する。

「……どこを探すんですか」

振り向いた顔は強張っていた。途端に後悔が襲ってくる。どうして加奈の日記を口実に使ったりしたのか。本当にあるかどうかもわからないし、もしあったとしても加奈がクラスメートに見られることを望むはずなんかないのに。

最低だ、と安藤は思う。最低の父親だ。自分の満足のために、娘の人生を切り売りしようとしている。

「パソコンを……」

答えかけた声がかすれた。本当にいいのか、と自分に問いかける。せめて一人で探して、一人で読むべきじゃないのか。本当はどんなことが書いてあるのかもわからない。もし、それが加奈の名誉を傷つけることなら、墓場まで持って行ってやるのが父親じゃないのか。だからこそ警察には渡さなかったんじゃなかったか。そう思いながら、頭と身体が別の生き物になってしまったかのように口を動かしている自分がいる。

「パスワードがかかっていて起ち上げられずにいたんだ。組み合わせは無限に思える……でも、銀行の暗証番号のように何回か間違えたら凍結されてしまうような制限はないんだ。だったら、当たるまで続ければいい」

　そうだ、そうだった。安藤は自分の言葉に唇を嚙《か》みしめた。

　今ならわかる。俺は逃げていた。加奈が死を選んだ本当の理由を知りたいと言いながら、本心では知りたくなかった。知るのが怖かった。知ったら最後、完全に引き返せないところにいってしまうような予感があった。

　でも、引き返す必要がどこにあったというのだろう。

「加奈は遺書を残さなかったんでしょう？」

　尖《とが》った早口が正面から聞こえる。

「だったら……パスワードがかかってるなら、誰にも読まれたくなかったんじゃないですか？」

　そうかもしれない。また、気持ちが揺らいだ。わからない。加奈が死ぬ前に何を考えていたのかも、今、どうしてほしいと思っているのかも。

「私だったら、耐えられない。親に勝手に日記を読まれたら一生恨むと思う」

　恨まれるのだろうか。一生？　でも、加奈はもう死んでしまった。だとしたら、加奈はいつまで俺を恨むのか？

「……親って、勝手に分析して決めつけますよね。自分にも子どものときがあったってだけで、理解できると思ってるんです。今はそう思っていても後でこうなるとか、そんなことを考えるのはこういう理由からだとか……何もわかっていないくせに」

怒気が乗った声に、答えに詰まった。そんなことはない、と思いながら、だったら心理学とは何だろうと思う。表情、しぐさ、言葉、声――本当は心なんて見えないのに、そんな外側から感じ取れる情報だけで相手の感情を推測してしまう。髪の毛や唇を触るのは不安なとき、身体の前で腕を組むのは警戒しているとき、と一方的な分析で決めつける。

狭く暗い玄関で、ただ向かい合って立ち尽くしながら、安藤は途方に暮れる。

でも、推測する以外に何ができるというのだろう?

「それでも、俺は知りたいんだ。加奈が本当は何を思っていたのかはわからなくても」

眼前にある双眸《そうぼう》に、強い失望が浮かんだ。その落胆の色を、味わい尽くすように眺めながら、ああ、俺はこれが見たかったのだ、と不意に安藤は気づいた。

「俺は加奈の日記を探すよ。もし見つかったら、君にも読んでほしい」

口実などではなかった。これこそが目的だったのだ、と安藤は知る。加奈の話が聞きたいんじゃなかった。加奈の話を聞かせたかったのだ。鋭い刃で傷をつけて、かさぶたが閉じる前に塩を塗り込みたかった。

――もう一生、加奈のことを忘れないでいてくれるように。

中学生の頃に読んだ動物行動学についての文章が、脳裏に浮かんだ。

〈進化とは、環境に合わせて生物が形質を変えていく道筋ではありません。遺伝子の突然変異には目的がなく、ただ環境に即した形質を持つ生物だけが生き残るため、結果だけ見ると効率よく「進化」していくように見えるのです。

たとえば、ショウジョウバエの遺伝子変異がわかりやすいでしょう。彼らは遺伝子の構造が人間と似ており、飼育も容易なため遺伝子研究に欠かせない昆虫です。

彼らの遺伝子変異には様々なものがあります。顔が変型する、羽の枚数が増える、同性愛に目覚める、成虫になると拒食症になりエサを一切食べなくなる、孫が生まれない（子が産卵能力を持たない）など、不可思議な変異が多く見られます。

顔の変型や羽の枚数は、あるいは適応度を高める側面も持っているのかもしれません。ですが、同性愛、拒食症、孫が生まれないなどの変異は、繁殖上致命的な欠陥であることは明らかです〉

初めて読んだとき、そんな進化の形があったのか、ということにまず驚いた。キリンの首はどうして長いの？　高いところにある食べ物を食べるためだよ。幼い頃聞かされた話とのあまりの差異に愕然《がくぜん》としたのを覚えている。

進化には目的はない、という結論はひどくむなしいものに思えた。命を賭《か》けた失敗が次の世代に活かされないのなら、ただの死に損じゃないか、と憤りすら感じた。頭の中には、首が短いためにエサを採れずにやせ細ったキリンのイメージがあった。

じゃあ、どうして生きるんだろう。

安藤は疑問よりも苛立《いらだ》ちを込めて思った。子孫を残すため？ だったら子どもを作れない人間は生きている意味がないことになるのか？ 中学生らしい真剣さで考え続けた。当時は好きな女の子もおらず、自分が結婚して父親になる日が来るとは想像もできなかった。そのうちに別のことに興味が移り、考えるのをやめてしまった。

けれど今、安藤はその答えがわかったような気がしていた。

人は、遺伝子を残すために生きているのではない。

物語を刻むために、生き続けるのだ。

何が好きで、何が嫌いで、何が怖くて、何が得意で、どんな癖があって、何を考えていて、何をして、何に笑ったか。

安藤は、こみ上げてきた衝動に目をきつくつむる。自分はこうなってもなお生にしがみついてきたのではないか。自分が死んだら、誰が加奈を覚えていてくれるのだろう。もうマスコミでは取り上げられることもない。加奈の祖父母だってあと何年生きられるかわからない。同じクラスの子たちだって、今は衝撃を受けていてもすぐに日常に戻っていってしまうだろう。だとすれば加奈は、自分がこの世に存在したという証《あかし》をどこに残せばいいのか――

安藤は、七緒と名乗った少女がけだるいしぐさで靴を脱ぐのを待ち、強引に腕をつかんだ。彼女はもう振り払わなかった。そのまま腕を引いて加奈の部屋へ踏み込む。足を止めた彼女の腕を離し、加奈の机の前に立ってパソコンの電源を入れた。下部にある小さなマークがオレンジ色に光り、這《は》うような低い振動音のあとにパスワード入力画面が現れる。

「このパソコンは、一昨年《おととし》の加奈の誕生日にプレゼントとして買ったものなんだ。加奈個人のパソコンだから、パスワードのどこかには加奈の名前が入っているんじゃないかと思うんだけど、〈kana〉だと短すぎる。そのあとに数字を組み合わせるとしたら、オーソドックスなのは誕生日だよな。パソコンを買った日でもあるし」

腰を屈め、語り聞かせるように口にしながらキーボードに手を伸ばした。

〈kana0412〉

エンターキーを押すと、〈パスワードが違います〉という警告のような文字が出て、入力画面に戻る。安藤は、引き出しからメモ帳をたぐり寄せ、簡素な事務用ボールペンを拾い上げた。カチ、親指の腹でペン先を押し出し、キャラクターの絵が下部に描かれたファンシーなメモ帳の一番上に〈kana0412 ×〉と書き込む。

視界の端に映った長い髪はぴくりとも動かない。安藤は不気味な高揚を抑え込みながらディスプレイに顔を向け、節くれだった指をキーボードに走らせる。

〈andoukana〉

〈パスワードが違います〉

〈kanaandou〉

〈パスワードが違います〉

〈andoukana0412〉

〈パスワードが違います〉

〈kanaandou0412〉

〈パスワードが違います〉

一つひとつ紙に書き出し、×印をつけていく。ため息をつき、メモ帳とペンを差し出した。

「書くのを手伝ってくれないか」

半ば強引に押しつけて画面に向き直る。

〈andoukana412〉

〈kanaandou412〉

何だろう、他に何があるだろう。〈andou〉ではなく〈ando〉にする？　あるいは

〈kana〉と〈ando〉の〈a〉をつなげて一つにする？

〈kanando0412〉

〈kanando412〉

パスワードが違います。

——そうだ。脳裏をひらめくものがあった。大文字ではないか。パスワードを入れるたびにシフトキーを押しながら入力するというのは煩雑だが、絶対にないとは言い切れない。

〈KANA0412〉

〈パスワードが違います〉

その言葉が画面に現れるたびに、奥歯を噛《か》みしめる。

「ちょっと貸して」

メモ帳を手に取り、文字を指でなぞりながらキーボードを押した。これまでに試した組み合わせを、すべて大文字のパターンと頭の一文字だけが大文字のパターンで一通り試し直していく。

パスワードが違います。

安藤はうなった。やはり、こんな方法ではたどり着けないのだろうか。

「……やっぱり、無理なんじゃないですか」

か細い声が聞こえた。振り向くと、彼女の顔にも疲れが見える。

「そうだな、少し休憩しようか」

キーボードから手を離すと、少女は強張《こわば》った頬を伏せた。安藤は疲労が溜《た》まった腰をそらして伸ばし、長く息を吐き出す。紅茶を淹《い》れ直しながら加奈の話をしよう。りんごを食べながらアルバムも見せよう。加奈がどんな風にして産まれ、育ち、生きてきたか。決して忘れられないエピソードは何か。

そう思いかけたとき、あ、と声が漏れていた。絡まっていた糸が急速に伸び、その先に光が浮かぶ。

自分だけにはわかる覚えやすい単語、絶対忘れない英単語と数字。そう考えてきた。だけど――

「逆じゃないか？」

「え？」

安藤は、焦点の合わない目を宙に向けたまままつぶやいた。

「忘れないものをパスワードにするんじゃなくて、忘れないためにパ、ス、ワ、ー、ド、に、す、る」

〈kana0607〉

パソコンの前に飛びつき、一個一個、確かめながらキーボードを押していく。

「六月七日？」

怪訝《けげん》そうなつぶやきに、安藤は答えなかった。違うかもしれない。また的外れかもしれない。でも、加奈が自分の誕生日以外の数字をパスワードにするとしたら。六月七日——この八年間、加奈が一度も忘れたことがない、母親の命日。

エンターキーを叩《たた》くと、ディスプレイから光が消えた。

振動音が響き、軽やかな起動音と共に、初期設定のままの草原の写真が現れる。

〈四月九日（月）

今日は入学式だった。同中の子いないから緊張したけど、何とか友達もできたし一安心！

部活は何に入ろうかな。また卓球部にしようと思ってたけど、ちょっと地味だしなー。せっかくだったらおしゃれなとこがいいかも。写真部とか。

とりあえず今日はもう疲れたので寝ます〉

〈四月十二日（木）

今日はほんと幸せな一日だった！

毎年この頃ってクラス替え直後だからみんなに忘れられちゃうんだけど、今年はちょっと話しただけなのにまぽりんが朝一番におめでとうって言ってくれて、咲ちゃんは忘れてるのかなって感じだったけど、お昼休みにいきなりメールがきて、ロッカー開けてみてって。

何だろうってちょっと不安になったんだけど、何とケーキが入ってたの！　呆然《ぼうぜん》としてたら咲ちゃんが来て「びっくりした？　産まれたのお昼くらいって言ってたでしょ？」って！　もう感動して泣くかと思った！

今日はお父さんもケーキを買ってきてくれたから、結局二個も食べちゃった。太るかも……？

でも、今日くらいいっか！〉

この日のことは、安藤も覚えている。安藤が仕事から帰るなり加奈が興奮して話してくれたからだ。

よほど嬉《うれ》しかったのだろう。仏壇を見ると、線香が半分くらい残っていて、先に真理子に報告していたのだなと微笑ましく思ったものだ。

その後も、日記は飛び飛びながら楽しい話題が続いている。

〈四月二十一日（土）
咲ちゃんが将来の夢を話してくれた。嬉しい。
咲ちゃん、芸能人になりたいんだって！　すごいなあ。わたしはテレビで芸能人見ても別の人種としか思えなかったけど、咲ちゃんはテレビを見ながらああなりたい、自分もいつかああなってやるって思ってたんだなと思うと、何だか感動してしまった。咲ちゃんはかわいいし歌もうまいしスタイルもよくて本当に芸能人みたいだし、絶対なれると思う。
親に反対されてるからあきらめなきゃいけないなんてもったいない〉

〈五月十一日（金）
まぽりんが貸してくれる漫画ってほんと面白いんだよね。感動するところも笑うところも同じだったし、何か嬉しい。やっぱり気の合う友達がいるっていいな〉

いい友達関係を築いていたことが、加奈が友達を大好きだったことが伝わってくる。加奈から直接聞いていた話とほとんど変わらない。安藤は、瞬《まばた》きもせずスクリーンを舐めるように見つめ続ける。

〈六月七日（木）
今日は、お母さんの命日。お父さんとお墓参りに行った。お母さん、見てた？　お父さん泣かなくなったでしょ。でも、たまに仏壇の前で泣いちゃってるからお母さんにはバレバレかな。お母さんがいないのは寂しいけど、わたしもお父さんも元気に頑張ってるよ。だから安心してゆっくり休んでね〉

〈七月十二日（木）
最近、何か二人とも冷たい気がする……。気のせいかな？
でも、だったら何で二人で合コン行ったりするんだろう。相手が二人だったんだからしょうがないじゃんって言ってたけど、だったら相手も一人増やせばいいだけじゃないの？
何でだろう。咲ちゃん、絶対怒ってる。でも、何に怒ってるのかわからない。どうしよう。わたし、何かした？〉

〈七月十三日（金）
わたしの勘違いだったのかな。それとも嘘をつかれた？　携帯も電源切ってあったし、わざとかもしれない。二時間も待ったのに……。

何でこんなことになっちゃったんだろう。最近、一緒に遊びに行けないから二人が何の話をしてるのかもわからない。

やっぱり何か部活入ればよかったな。二人とも入らないって言うからやめたけど、結局放課後も休みの日も遊びに誘われないなら意味ないし。

このまま夏休みになっちゃったらどうしよう〉

〈七月十五日（日）
今日は一日公園で本を読んだ。でも暑くて内容はほとんど頭に入ってこなかった。どうしよう。このままじゃ夏休みになっちゃう。ずっと家にいたらお父さんもきっと変に思う。
咲ちゃんにメールしてみようかな。でも、もしまぽりんと一緒にいたら、まぽりんにわたしのメールを見せて笑うかもしれない。ああ、やっぱり被害妄想なのかもしれない。わたし、どっかおかしいのかな。
とにかく咲ちゃんと話したい。明後日《あさって》、学校に行ったら咲ちゃんに聞いてみる〉
安藤は何度も唾《つば》を飲み込んだ。やけに喉《のど》が渇く。ひび割れた唇を舐《な》め、マウスに指をかける。

何が起こっているのかがわからなかった。聞いたことがない話ばかりだ。どういうことだろう。土日になると、ほとんど毎週外出していたはずだ。咲ちゃんとまぽりんと遊んでくるね。そう言って出かける加奈を見送ったはずだ。

ディズニーランドに行く、と言っていたのはいつだった？　お土産にストラップを買ってきてくれたのは。あれは、夏休み前じゃなかったか？

〈七月二十三日（月）
もうやだ。死にたい。どうしてもっと早く行動しなかったんだろう。もっと早く、他のグループに移っておけばよかった。でももう遅い。今さら入れてくれるグループなんてない。もう仲直りできないのかな。これは喧嘩《けんか》じゃないのかな。別に怒ってないなんて言われたら謝れない。謝れなきゃ仲直りできない。

どうして嫌われちゃったんだろう。まぽりんも一緒に笑ってた。どうして？　何で？　いつの間に？　わからない。何がいけなかったんだろう〉

〈七月三十一日（火）
今日は一日寝ていた。頭が痛い。このまま病気になっちゃえばいいのに。入院すれば遊びに行かなくても変に思われないし、夏休みが終わっても学校に行かなくて済む

のに。ああ、でも誰もお見舞いに来なかったらお父さんにばれちゃう。転校できないかな。でも、今さらそんなこと言えない〉

安藤はたまらず、顔を伏せた。歯を食いしばっても、隙間から声にならないうめきが漏れる。どうしてだ、加奈。どうして言ってくれなかった。言ってくれれば転校でも何でもさせてやれた。躊躇《ちゅうちょ》する必要なんてどこにもなかったのだということが、どうして伝わらなかった——どうして気づいてやれなかった。

気づいてやれれば、学校なんか行かなくていい、加奈以上に大事なものなどないと言ってやれたのに。

〈八月三日（金）

咲ちゃんから電話があった！　こないだはイライラしてただけで、嫌いなんかじゃないって。よかった！　行ったらまぽりんもいて、二人ともニコニコしててほっとした。

でも、携帯壊されちゃった……。もう中学時代の友達にも連絡取れないや。どうしてアドレスちゃんとメモっとかなかったんだろう。

だけど昔の友達より今の友達の方が大事だよね。しょうがない〉

八月の頭。

泣きながら謝っていた加奈の姿が浮かぶ。

——お父さん、ごめんなさい。携帯トイレに落としちゃった。

おいおい、泣くことはないだろう。安藤は動揺を隠すために苦笑してみせながら、携帯ショップに一緒に行った。

——どれがいい？　お父さん機種とかよくわからないからなあ。まあ好きなのを選んでいいぞ。

だが、加奈が選んだのは店内にある中で一番古く、一番安い機種だった。

——それでいいのか？　遠慮しなくていいんだぞ。せっかく換えるんだ。もっと新しいのにすればいいじゃないか。

ううん、と加奈は首を振った。

——いいの、どうせどれ買ってもすぐ古くなっちゃうし。

加奈は力なく笑いながら、店内に並んだ色とりどりの機種をどうでもよさそうにいじっては棚に戻していた。

加奈。携帯。どうして。思考の形をなさない言葉が、頭の中で乱反射する。

〈八月八日（水）
今日はみんなでカラオケに行った。咲ちゃんはやっぱり歌うまいなあ。どうすればあんな風にうまく歌えるんだろう。うらやましい。明日《あした》は連絡くるかなあ〉

〈八月二十日（月）

どうしよう、やっぱり見つからない。たぶん咲ちゃんたちだと思うけど、わからない。本当にどこかで落としたのかもしれないし。でも、まぽりんはなくなる直前に何これださいって笑った。盗られたとしたら、トイレに行ったときだ。どうしてちゃんと持って行かなかったんだろう。

もう一回咲ちゃんに聞いてみようかな。でも、そしたらまた疑ってるって思われる。友達を疑うのって怒られる。証拠なんかない。どうしてわたしはこんなに弱いんだろう。もう取り返しがつかない。咲ちゃんたちなら、たぶんもう捨ててる。

ごめんなさいお母さん。

わたしは、お母さんより咲ちゃんたちを取った〉

八月二十日。

安藤は文字の上で視線を止め、ハッと息を呑《の》む。

加奈は小さい頃からなくし物、落とし物、忘れ物が多い子だったが、一番大騒ぎになったのは、茶色い折り畳み式の財布をなくしたときだった。なぜなら、それは真理子の形見だったからだ。本革製ではあったが、ところどころが変色した一見して古いとわかるシンプルな財布だった。高校生の女の子にとっては決して魅力的なデザインではなかっただろうが、加奈は本当に大切にしていた。

お守りのようにいつも持ち歩いていて、たとえば喫茶店で先に席をとって荷物を置いてからレジに向かうときも、金を払うのは安藤だと決まっていて席が視界に入っているにもかかわらず必ず両手で包み込むようにして持って行った。

それをなくしてしまったのだから、落ち込みようもすごかった。けれど安藤は泣いて首を振り続ける加奈を思わず怒鳴りつけてしまった。どうしてちゃんと持っておかなかったんだ！　感情的になってしまったのは、自分も悲しかったからだ。

真理子の遺した、二度と手に入れることができない財布。それがなくなってしまったということが、ショックでならなかった。

ごめんなさい、ごめんなさい、ごめんなさい。自分を抱きしめるようにしてうずくまって泣く加奈の両手足は傷だらけだった。財布が落ちてないか、街路脇の茂みまで探し回ったのかもしれない。それを見て、安藤はようやく自分が言った言葉の響きに気づいた。

――もしかしたら警察に届いているかもしれない。

意識的に声を和らげて加奈の手を取り、警察に連れて行った。所持金やポイントカード、保険証など、入っていたものを時間をかけて思い出し、被害届を出し終える頃には二人とも疲れ果てていたが、結局財布は見つからなかった。

その翌週の仕事帰り、安藤は加奈と待ち合わせをしてデパートに新しい財布を買いに行った。加奈にはクリスマスプレゼントの前渡し、という表現を使ったが、安藤はクリスマスなどなくても買ってやるつもりだった。それほど、加奈は落ち込んでいた。

加奈が選んだのは、真理子の財布とは似ても似つかない今時のデザインのものだった。やっぱりこの年頃の女の子はこういう派手なデザインの方がいいんだろうなと、少し寂しく感じたのを、安藤は覚えている。

あれは、いつのことだったか。

ああ、そうだ。まだ夜も蒸し暑い頃だった。

〈八月二十七日（月）

お父さんが新しい財布を買ってくれた。お母さんのと同じようなのはないかなって思ったけど、やっぱり普通のにした。普通であれば、もう目をつけられない〉

加奈。安藤は心の中でつぶやく。

――ごめんなさい、ごめんなさい、ごめんなさい。

あのとき加奈は、どんな思いでその言葉を口にしたのだろう。

――どうしてちゃんと持っておかなかったんだ!

あのとき加奈は、どんな思いであの怒鳴り声を聞いていたのだろう。

加奈が今時のデザインを選んだのは、自分の好みのためではなかった。考えたことはただ一つ。

もう二度と、盗まれないように。

〈八月三十一日(金)
咲ちゃんに死ねって言われた。死にたい。でも、やっぱり死ねない。どうしよう。明日から学校が始まってしまう。行きたくない。でも、休んだりしたら、お父さんにも知られてしまう。知られたくない。友達に嫌われるような子だなんて知られたら、どんな顔をすればいいんだろう。恥ずかしい。そんなことを知られるくらいなら、早く死んでしまいたい。でも、わたしが自殺したりしたらお父さんが悲しむ。どうしたらいい? 事故に遭いたい。誰かに殺してほしい〉

〈九月三日（月）
お母さんを殺したのがわたしなら、わたしが死んでもお父さんは悲しまないのかもしれない。どうして生まれてきちゃったんだろう。わたしがいなければ、お母さんは今も生きていたかもしれないのに〉

手が震える。視界が暗くなる。耳の奥で太い金属音がわんわんと響く。安藤は口元を手のひらで覆う。吐き気がする。嗚咽《おえつ》が漏れる。隣に加奈のクラスメートがいることは忘れていた。嚙《か》みしめた唇から血がにじむ。痛みは感じなかった。ただ、額の中心が燃えるように熱い。


自分が正気をとどめようとしているのか、手放そうとしているのかもわからない。

なぜだ。

なぜ、加奈がこんな目に遭わなければならない？　加奈が何をしたというんだ？

もしかしたら、加奈も気づかないうちに彼女たちを不快にさせる言動をしてしまったのかもしれない。

だが、たとえそうだとしても、それがこんな扱いをされることの理由になるのか。

目がかすむ。

並んだ文字が記号的な線の固まりになっていく。

3

——十月二十五日十七時五十五分　木場　咲

椅子からくずおれてうなり声を上げる父親の隣で、咲は呆然《ぼうぜん》とディスプレイに顔を向けていた。

これは、まずい。こんなものが外に出たら、私たちのいじめが原因で自殺したということにされてしまう。

私が来なければ、加奈の父親はパソコンを起動して日記を探したりしなかっただろうか。考えかけて、いや、と否定する。違う、こんなものが存在する限り、私の将来は滅茶苦茶だった。私が来たことと、今の事態は関係ない。

必死に言い聞かせながら、視線をさまよわせる。

〈九月五日（水）
どうしよう、気持ち悪い。口の中の感触が取れない気がする。食べたあと吐いてしまった。蟬の足が見えた。何度も歯磨きしたけど消えない。せっかくお父さんが作ってくれたお弁当なのに〉

〈九月七日（金）
　もう疲れた〉

　日記の記述は、そこで終わっていた。

　加奈が「自殺」したのは、この六日後。

　横目で見やると、父親は頭を抱え、全身を震わせている。

　咲は冷たくなった指先を丸めて拳《こぶし》を作った。考えろ、考えろ、考えろ。どうすれば、日記をここで止められる？　意識的に息を吐き出し、目を閉じてゆっくり吸い込む。

　周りの空気が切り取られたような錯覚を覚えた。奇妙なほどの脱力感に襲われて焦燥が遠のいていく。

　――何も、思いつかない。

　咲はまぶたを持ち上げ、天井を仰いだ。

　加奈の父親は、絶対に私たちを許さない。加奈を追い詰めたのが、親友のはずの私たちだったこと。笹川七緒の名を騙《かた》って様子を見にきたこと。

　泣いて許しを請う段階は、確実に過ぎている。

　咲は力の入らない首をねじり、うめき続けている父親を見下ろした。もうどうしようもない。私の人生は終わった――

そのときだった。咲の目に、加奈の父親の手首に刻まれた真新しい傷跡が飛び込んできた。それが何を意味するか。動きを停止しようとしていた脳が、再び回り始める。

――この男は、自殺したいという思いを持っている。

それは、天啓のように心に響いた。

この男は今、最後の岐路に立っている。妻を失い、娘を失い、それでもまだ生き続けている自分を責めている。いっそ死んでしまいたいと思いながら、死に切れずにいる。

まだ、終わったわけじゃないのかもしれない。

咲は身体の中心に熱が戻ってくるのを感じた。この男さえいなくなれば、状況は反転する。この男が立っているのは、あと少し、背中を軽く押してやればいいだけの瀬戸際なのではないか。

――あとひと押しできれば。

咲は奥歯を強く噛みしめた。悪寒に似た何かが、足元からぞくりと這《は》い上ってくる。

「……これ、私と同じ」

咲は両手で口元を覆いながら後ずさってみせた。父親のうつろな目が、軋《きし》むようにぎこちなく動く。

「私、あの子たちと中学も一緒で……中学のとき、私もあの子たちにいじめられてたの」

吐き出す声が震えた。

「あの子たち、すごく頭がいい。どうすれば、相手をより深く傷つけることができるのか、あの子たちはそれをわかってて……」

喉《のど》に唾がからみ、咳《せ》き込みたいという欲求が言葉を止める。腹の下に力を込め、伏し目がちに続けた。噴き出した汗が額を伝うのがわかる。今朝、机の引き出しの奥から引っ張り出してきた家用のメガネが鼻骨の上を滑る。

「初めはちょっとした仲違《なかたが》い程度で、だから周りからは普通に仲良くやっているように見えるんです。でも、本人は知ってる。自分がはぶられてること。三人グループの中で自分だけが浮いていること。どうしてそんなことになったのかわからなくて、ただ突き放されて不安になって……それに耐えられなくなった頃を見計らって仲直りのチャンスを持ちかけるの。何だかよくわからないけどほっとして、もうとにかく一人の状態には戻りたくないって気持ちにさせて、冷静な判断力を失っている間に他の居場所を奪う」

父親の唇が、嘔吐《おうと》をする直前のようにわななないているのが見える。咲は続けた。

「安藤さん、つらかっただろうな。誰にも気づいてもらえなくて、学校にも家にも居場所がなくて……私のときは、親が助けてくれたから踏ん張れたけど」

親が、というところを強調して言ってみせたが、父親は動かない。聞こえているのかいないのか、それすらわからない。咲は、心の中で祈るように問いかけた。

ねえ、つらいでしょう？　娘を追い詰めたのが他でもない自分だということ。どうして気づいてやれなかったのか。どうしてせめて家を逃げ場にしてやれなかったのか。自分を責め、殺してやりたいと思わないだろうか。

「自殺って、病気で死んだりするのとは別の場所に行くんでしょう？　だったら安藤さん、お母さんにも会えない。死んでも一人なんて、寂しすぎる」

つぶやくように言ってから、咲はそっと視線だけを持ち上げた。一人で寂しがっている娘を今度こそ助ける、という大義名分。今のこの男にとって何より魅惑的な後押しになる理屈のはずだ。息を詰めて見守る咲の前で、父親がゆっくりと身を乗り出す。

だが、父親はそのまま立ち上がることなくパソコンに向き直った。爪の白い部分が異様に伸びた指でマウスをつかむ。消えていた画面が切り替わるように光り、開かれたままの加奈の日記が現れた。ザ、ザ、ザ、ザ、ザ――父親が神経質なほどの速度でホイールを回す。たった今読んできた日記の文字が次々に巻き戻り、そして最初の言葉を映す。

〈四月九日（月）
今日は入学式だった〉
咲は愕然《がくぜん》と、また一から日記を読み返していく父親の姿を見ていることしかできない。
背中を丸め、顎《あご》を上げ、口をだらしなく開けた父親の顔を、ディスプレイの光が淡く照らしている。
薄闇の中で植物を育てていく人工照明のように。
〈九月七日（金）
もう疲れた〉
最後の文字が現れた、と思うと、また日記が巻き戻っていく。四月九日。九月七日。その五カ月の間を、父親の目は永遠のように行き来し続ける——
「……殺してやる」
絞るような声に振り向くと、父親の眼球には無数の血の筋が浮き上がっていた。白い部分を侵食しようとするかのように根を伸ばす赤い線。

「……どうして加奈がこんな目に遭わなければならない加奈が何をしたというんだこいつらは何で加奈はどうしてこんなやつらと許せない許せない許せない」

抑揚なく垂れ流される呪うような声から耳をふさぎたかった。

咲は拳《こぶし》を強く握りしめた。違う、とディスプレイに映る日記を見つめながら無言で叫ぶ。

違う、私じゃない。私が悪いんじゃない。

今すぐ立ち上がり、何も言わずに逃げ出してしまいたかった。

だけど――どこに逃げればいいというのだろう?

第四章

1

——十月二十五日二十三時十五分　小沢早苗

どうしてそうなるの。違うでしょう？　そんなわけないじゃないの。

夜眠る前、早苗が思い出す記憶の中で一番多いのは、口癖のように同じ言葉を繰り返す母親の険しい顔だ。

目尻《めじり》を吊《つ》り上げて唾《つば》を飛ばす母親の頬に、やがて涙が流れ始める。そのふた筋の線を見ても、早苗は母親が怒っているのか悲しんでいるのかを判断することができない。ただ何も言わずに立ち尽くす早苗に、母親は続ける。

私の育て方が悪かったのよ。真弓《まゆみ》はこんなことないのに……最初の子だから、厳しくしすぎたのかもしれない。ごめんね、ごめんなさい早苗。

謝られて、早苗はどうすればいいのか一層わからなくなる。悪いのは、おかしなことをしてしまう私のはずなのに。なのにどうしてお母さんが謝るんだろう。

何か言わなければ、と思っても、早苗は何と言うのが正解なのか見当がつかずに口を開けない。

何かを一つ間違えるごとに、母親や先生や周囲の人間を不愉快にさせて、そのしわ寄せがまた母親に集まって、だから早苗はよく死を考えた。悲愴《ひそう》感のない、優しいまどろみのような死を。

私が死ねば、もうお母さんは私を責めない。

それは、長い間早苗の脳裏を離れない甘い誘惑だった。お母さんから怒られない、呆《あき》れられない、失望されない。それだけで、死は十分に魅力的だった。

初めて人と交際したのは、最も死に魅せられていた頃だったように思う。

当時は修士課程を修了する間際で、博士課程に進むか就職活動をするかで悩みながらも、どちらの道にも未来を見出《みいだ》せずにいた。

相手は、教員採用試験に落ちたことで自分が本当は心理カウンセラーになりたかったのだと気づいて心理学科に編入してきたのだという同い年の後輩で、初めて早苗を肯定してくれた人だった。

不器用なところがかわいい。

早苗といると落ち着くんだ。

変わる必要なんてない、そのままでいいんだよ。

ありのままの自分を許容してくれることが嬉《うれ》しくて、早苗は彼に夢中になった。幼い頃から感じてきた違和感と戸惑いを訴えると、そのたびに彼は早苗を抱きしめてくれた。

けれど早苗がすべてを吐き出すのを待って、彼は穏やかに話し始めた。

早苗が今つらい思いをしているのは、早苗のせいなんかじゃないんだよ。ひどいことが起こるのは、神様が与えてくださった試練なんだ。それを乗り越えられる人もいるし、乗り越えられない人もいる。でも、どちらにしろ、それは神様が初めから決めていることなんだよ。その定めには抗《あらが》うことはできないし、だから後悔したり迷ったりする必要もない。手に入らないものは必要のないものなんだ。そこに一度身を委《ゆだ》ねてしまえば、苦しみも悲しみも迷いも怒りも寂しさも焦りも全部消えてなくなる。

彼の言葉に、早苗は首を傾げた。

神様とは何ですか。

彼は柔らかく微笑んで答えた。

天におられる大いなる存在だよ。

早苗には、彼の言っていることがわからなかった。天？　大いなる存在？　彼の使う言葉は抽象的すぎて、早苗にはその輪郭すらつかむことができなかった。

混乱と同時に頭に浮かんだのは、その神様とは人間が楽に生きるために創り出した装置なのではないか、という考えだった。装置——あるいは、とめどない思考を停止させるための手段に過ぎないのではないか。

早苗はいつの間にか、恍惚《こうこつ》とした表情を浮かべる恋人の心理を冷静に分析していた。これも合理化の一種だろうか。手が届かなくて食べられない葡萄《ぶどう》を、あれは酸っぱいに違いないと考えて自分を納得させる心の働き。

その瞬間、早苗に残されていた「救いの道」は完全に断たれていた。機能の通りに考えるのをやめ、ただ信じ込むこと。それ自体が才能なのだと、早苗は気づいた。同時に、自分にはその力さえないことも。

早苗が思ったことをそのまま口にすると、彼は態度を変え始めた。

一緒にいると疲れる。何を考えているかわからない。俺は、おまえみたいに強くないんだよ。

以前とは真逆のことを同じ口で言う彼に、早苗は怯《おび》えた。彼がなぜ変わってしまったのか、どうすれば前のような関係に戻れるのかがわからなかった。ただひたすら理由をせがむ早苗に、彼は言った。

もう俺に話しかけないでくれ。

皮肉にも、その具体的な懇願だけは早苗にも理解できた。

再び一人に戻った早苗が選んだのは、それまでよりさらに表情を乏しくするという道だった。口数を少なくし、表面上は笑いも怒りも悲しみも表さない。それだけが、トラブルを回避する唯一の方法に思えた。

なのに、と早苗は天井に向けて両手をかざしながら眉《まゆ》をひそめる。このところ、人に感情を指摘されることが増えていた。

何だか嬉しそうだね。

浮かない顔してるけど心配事でもあるの？

言われて初めて自分の感情に気づくことなど、もうずっと長い間なかった。コントロールができていないという事実に、早苗は不安になる。自分はどうなってしまうのか。なぜこんな変化が起きるのか。

人の世話をする、というこれまでに経験のないことに取り組んでいるためだろうか。

早苗は見つけた仮説にすがりつく。

そうだ、きっとそうに違いない。


エンジンキーを回すと、車体が身体からしぶきを弾《はじ》き飛ばそうとする犬のようにぶるりと震えて止まった。

この子たちで喜んでくれるだろうか。

早苗は、緊張を振り切るようにしてドアレバーに指先をかけるが、その途端に店員の甲高い声が蘇《よみがえ》る。

――プレゼント用なら絶対ショーベタですよ。ワイルドは地味すぎます。しかもその人初心者なんでしょ？　まずはベタを飼う楽しみをわかってもらわなくちゃ。

店員の口にした「絶対」という言葉に動揺し、けれど早苗は譲らなかった。どう見ても、目の前の水槽を悠々と泳ぐワイルドベタはかわいかったからだ。早苗は黙々と水槽を見て回り、ワイルドベタの中で特にかわいいと思う二匹を初心者用のスターターキット二セットと合わせて購入した。

だが、本当にこれでよかったのだろうか。

早苗は真っ直ぐな目で宙をにらむ。安藤の誕生日プレゼントにベタを買おう、と考えたのは、自分が欲しかったからだった。プレゼントと言えば、自分がもらって嬉しいものしか思いつかなかった。それが、一般的な思考回路なのかどうかがわからない。

早苗は助手席を覗《のぞ》き込み、ビニール袋を開けた。小さな両手のひらほどの水槽を一つ袋から取り出し、顔の前に掲げる。

中にいたベタが、水の揺れに驚いたように旋回した。その動きに合わせて、長く尖《とが》った赤い腹ビレが円を描くように柔らかくはためく。

ベタ・インベリス――茶色みを帯びた黒い身体に、鮮やかなライトブルーと赤が線状に引かれたワイルドベタだ。その原産地であるタイの宗教画を思わせる強烈な色彩に、早苗はふうと息を吐く。大丈夫だ、かわいい。この子たちなら気に入ってもらえるはずだ。

早苗は安心して水槽を袋に戻し、車を降りた。袋ごと慎重に抱え上げ、エレベータに乗り込む。

一、二、三、四、五。

チン、という軽快な音と共に視界がぶれ、ドアが開いた。

食事を残さず食べ、自発的に排泄《はいせつ》する。

汚れた服は自分で洗い、毎日きちんと風呂《ふろ》に入る。

そんな当たり前のようでいて、けれどなかなかできなかった日常生活を、安藤が送れるようになってきたのは、ちょうど早苗がベタをプレゼントした頃からだった。

決められた時間に餌を与え、時折二つの水槽を並べてガラス越しに闘わせる。程よく運動したらまた各々の世界に戻してやり、水槽の底に溜《た》まった汚れを掃除してやる。やるべきことをリストにして渡すと安藤はそれを実直にこなし、自傷行為をすることもなくなった。

今まで、本当にありがとう。早苗さんがいてくれたから、ここまで踏ん張れたんだと思う。君には、どんなに感謝してもしきれない。

そう穏やかに言う安藤はたしかに何かが吹っ切れたようで、早苗はそれをベタのおかげだと考えた。強くたくましい、それでいて庇護《ひご》を必要とするベタ。世話をしなければならないという目的意識こそが、安藤を日常に引き留めているのだと。

だが、それが頭の中で組み立てた理屈でしかなかったと早苗が気づいたのは、安藤家を訪れたある日、安藤が眺めていたベタの水槽を背後から覗き込んだときだった。

そこにあった光景を、早苗はすぐには把握することができなかった。息を呑《の》み、数瞬の間、見守ってしまう。

水槽の中では、二匹のベタが絡み合っていた。

真っ赤なエラを膨らませたベタ同士が、あらゆるヒレを目一杯に広げて威嚇し合い、すばやく反転し、相手のヒレを噛《か》む。

どちらが優勢かはひと目で明らかだった。攻撃を仕掛け続ける雄と、逃げようとしても逃げきれず、狭い水槽の中をあてどなくうろついては後ろから噛みつかれてしまう雄の構図が一方的だったからだ。開いた貝殻のように形よく広がっていた尾ビレが、大きく裂けてボロボロになっている。

「だめ！」

早苗は思わず叫んでテーブルに駆け寄った。水の入ったグラスを手に取り、中身を流しに捨てて水槽に戻る。呆然《ぼうぜん》と座ったまま動かない安藤を押しのけて水槽に手を突っ込んだ。腕をぐるりと回し、闘志をあらわにしている雄をグラスにすくい上げる。そのまま水ごとグラスを外に出してテーブルに置いた。辺りに水滴が飛び散るのも構わずに水槽に手を当て、中に残ったベタを見る。

傷を負ったベタは、ほとんど動かない。死んでしまったわけではなさそうだが、揺れる水の動きに合わせて千切れたヒレの欠片《かけら》が静かに舞うのが痛々しかった。

「安藤さん」

早苗は声を出しながら、目の前の景色がぶれていくのを感じる。胸が鋭く痛んだ。

「ベタは雄同士を一緒にしてはいけないんです。この子たちは、本能的に闘ってしまう。自然界なら負けた子はどこかへ逃げればいいけれど、水槽の中だと逃げられない」

吐き出す声が震えた。鼻の奥が熱くなる。

「ごめんなさい、先にちゃんと説明するべきでした」

どうして言わなかったんだろう。買ってきたのは私なのに。初めに伝えなければならないことのはずだったのに。

にじんだ視界の先で、ベタがゆっくりと水槽の端へ向かって泳いでいく。膝《ひざ》の力が抜け、早苗はくずおれるようにしゃがみ込んだ。漏れる嗚咽《おえつ》を堪《こら》え、唇を噛む。

そのとき、早苗の耳に小さなうめき声が届いた。早苗は弾かれたように顔を上げ、目を見開く。

安藤が泣いていた。

かたく握った拳《こぶし》を額に当て、歯を食いしばる。その目から涙がこぼれ落ちるのを見て、早苗は慌てて腰を上げた。

「安藤さん！」

おろおろと腕を伸ばし、安藤の座るソファに手をかける。

「大丈夫です！　この子は死んでいません！」

叫ぶように言いながら安藤の腕をつかむ。両手で安藤の腕を揺さぶると、彼はされるがままに揺れた。

早苗はどうすればいいかわからず、部屋を見渡す。けれど何か役に立ちそうなものは見当たらなかった。自分の手を見下ろし、瞬《まばた》きを繰り返す。自分が泣いているときにされたこと、されて嬉《うれ》しかったこと——混乱する頭で考えながら右手をそっと持ち上げる。

手を宙で止め、目の前で細かく震え続ける安藤のつむじを見下ろした。頭頂部を中心に生えた数本の白髪が、この位置からはよく見える。

早苗はゆっくりと、その上へ手のひらを載せた。安藤の震えが、一瞬止まる。だが、すぐにまた大きく震え出してしまう。

「安藤さん」

早苗は必死に呼びかけた。

「大丈夫です、大丈夫です」

繰り返しながら、安藤の髪に当てた手のひらをぎこちなく動かし続ける。

2

――十一月二日十九時三十一分　安藤聡

早苗の背中に回した腕に力を込めると、手首の内側に触れた肩胛骨《けんこうこつ》が大きく上下した。

最低なことをしている、という自覚はあった。

抗《あらが》われないことに、脳の血管が弾《はじ》けそうに膨らんだ。唇を押しつけ、たじろいだ早苗の後頭部を手のひらで内側に押しとどめる。

早苗が呑んだ息を取り返すように吸い込んだ。柔らかな唇が微《かす》かに開かれる。舌が陸に揚げられた魚のように忙しく跳ねる。逃げるように、追うように。

フローリングについた両膝を軸に、片手で早苗の身体を支えながら倒れ込む。背骨をなぞっていた指先を脇に回し、そのままの勢いで乳房をつかんだ。早苗の唇から短い息が漏れる。

滑らかなシャツの裾《すそ》をたくし上げ、現れた下着を親指で引っかけて押しのけると白い乳房が視界に溢《あふ》れた。手のひらで包み込んで揉《も》みしだく。吸いつく肌が手の中で柔らかく自在につぶれる。親指の腹が固い突起をかすめた途端、早苗の微かな嬌声《きょうせい》が耳朶《じだ》を打った。

ぞくり、と甘い痺《しび》れが足の裏から這《は》い上がる。安藤は息を詰め、背中を丸めて左の乳房の先端を口に含んだ。声を堪えた息の気配が頭上から伝わってくる。

露《あら》わになった膝頭へと手を伸ばす。触れた途端に早苗の身体が大きく跳ねた。視線を持ち上げる。早苗はかたく瞼《まぶた》を閉ざし、眉間《みけん》にしわを寄せ、薄い唇を噛んでいる。

肌が粟立《あわだ》った。再び上体を押し上げてくちづけると早苗が身をよじり、華奢《きゃしゃ》な手首に巻かれた腕時計がローテーブルの脚を叩《たた》く。金属のぶつかり合う鋭い音が響き——

その瞬間、何かが切れた。

回路を断たれたように、全身から力が抜ける。代わりに繋《つな》がった回路が、呆然と告げた。

——何をしようとしていたのか。

安藤は宙を見つめる。自分が怖かった。加奈を失い、その原因を知りながら欲情できる自分。まだ四十九日が過ぎたばかりだというのに、一瞬でも加奈のことを意識から遠ざけた自分。自分が、別の生き物になってしまった気がした。

強い羞恥《しゅうち》に、本能という言葉にすがりつきたくなる。だが、その卑怯《ひきょう》さを自覚するだけの理性は残されていた。

安藤は、ぎこちなく首を動かし、早苗を見下ろす。早苗の両目から、熱がすっと失われた。

早苗は何も言わずに上体を起こし、めくり上げられていたスカートを膝まで戻す。胸の上の下着をずり下げ、乳房の位置を整えた。ごめん、と口が勝手に動こうとするのを、安藤は寸前で堪える。

脳裏に浮かんだのは、早苗がよく口にする言葉だった。

――それは、何に対する謝罪の言葉ですか？

早苗と話すようになって以来、安藤は謝罪しようとするたびに自問するようになっていた。自分は何を悪いと思っているのだったか。何に責任を感じているのだったか。早苗はいつも言葉を流さない。一つひとつのセリフを真剣に受け止め、解釈しようと努める。

黙り込んだ安藤の前で、早苗は静かに身繕いを終えた。

「帰ります」

ソファから転げ落ちていた鞄《かばん》を拾い上げ、安藤に向けて会釈する。

「お邪魔しました」

安藤は早苗の背筋がぴんと伸びた後ろ姿を見送ることしかできなかった。


両目をつむっても、まぶたの裏からは加奈が日記に書いていた言葉が消えなかった。もう何度読み返したかわからない。ほとんど全文を暗記してしまっているのに、それでも安藤はパソコンに向かわずにいられなかった。

力なくマウスを動かして日記を閉じると、和室へ向かって自分のパソコンを立ち上げ直す。家族写真の壁紙が現れた。焦点の合わない視線を画面にぼんやり向けたままインターネットに接続し、検索ボックスに文字を打ち込む。

〈完全犯罪〉

エンターキーを押すと、様々なサイトが現れた。完全犯罪の種類について分析したもの、完全犯罪をテーマにした小説や映画を紹介するもの、犯人が捕まらないまま時効を迎えた、実際に完全犯罪となった事件についてまとめたもの、匿名掲示板上で完全犯罪の方法を提案し合うもの。

ミステリー、特に倒叙ものと呼ばれるジャンルでは、完璧《かんぺき》な完全犯罪計画が犯行方法まで書かれているようだった。だが物語の都合でもあるのだろうが、そのほとんどが失敗に終わっている。実際に完全犯罪となった事件は珍しいから語り継がれるのだし、匿名掲示板にはもちろん有効そうな方法など載っていない。

犯行が露見しない、被害者が見つからない、加害者が判明しない、証拠が見つからない、犯行の手法が見破られない、加害者が捕まらない、法的に裁かれない——安藤は並んだ文字を眺めながら、ため息をつく。

とても、こんなことができるとは思えなかった。

自殺に見せかける？　それとも事故に？　アリバイを偽装する？

自分が犯罪計画を練っているという実感はまるでなかった。安い芝居をしているような感覚だけがあった。完全犯罪、アリバイ、偽装——出てくる言葉は、どれも薄っぺらい。

安藤はカーソルを移動させ、検索ワードを打ち直す。

〈事故　死亡〉

ヒットしたのは、ほとんどが交通事故に関するページだった。安藤は一瞬動きを止めてから、キーボードをすばやく叩く。

〈不慮の事故　死亡〉

不慮の事故の定義を解説する生命保険会社のサイト、厚生労働省がまとめた不慮の事故による年齢別死亡理由の内訳、家庭内事故を防ぐリフォーム法をアピールした不動産関係のページ。すべてを別ウィンドウで開いて順番に目を通し、最後に年齢別死亡理由の内訳が書かれたページを開き直したが、これはと思うものは一つもなかった。窒息の大半は老人と乳幼児の誤飲、交通事故は明らかに加害者がいることになるし、転倒では確実性に欠ける。溺死《できし》、転落では場所がかなり限定されてしまう。

安藤は詰めていた息を吐き、目を閉じた。酷使したまぶたの奥が熱い。このまま眠れないだろうか。首の力を抜いて意識が遠ざかるのを待つ。

けれど、どれだけ待っても睡魔は訪れようとしなかった。

安藤は深く息を吐き出し、畳の上に散らばった郵便物を腕を伸ばして拾い上げる。電気代の振替伝票と母校からの同窓会会報、加奈宛《あて》のダイレクトメールだった。

この美容院では、まだ加奈はここにいることになっているのだと思うと、不思議な感じがした。安藤加奈様、会員特別割引、ご来店お待ちしております——並んだ活字を、読むでもなく眺める。文机の端に置き、重い腰を持ち上げた。

リビングに踏み込み、ダイニングテーブルの椅子に置かれたビニール袋を開く。中からアメリカンスピリットと百円ライターを取り出し、フィルムを剝《は》がした。

黄色いパッケージの中央に描かれたネイティブ・アメリカンの横顔をぼんやりと見つめ、ライターで火をつける。先端についた火が広がらずに消えた。もう一度強く息を吸い込みながら火をつける。白い煙をくゆらせ、微かな目眩《めまい》を静かに味わった。

煙草なんていつぶりだろう、と考え、もう十六年以上吸っていないことに気づく。真理子の妊娠がわかったとき――同時に子宮がんが発覚したとき以来だ。

〈喫煙は、あなたにとって肺がんの原因の一つとなります。疫学的な推計によると、喫煙者は肺がんにより死亡する危険性が非喫煙者に比べて約二倍から四倍高くなります〉

安藤は直訳めいた文章から視線を外し、一向に減らない煙草をくわえたままキッチンへ向かった。シンクから小皿をつまみ、ぎこちなく灰を落とす。

殺意の前には、ひどく深い溝が存在するのだと思っていた。

許せない、と思う憎悪と、死んでほしい、と願う悪意。その先にある、殺してやる、という衝動。その間には越えられない溝があって、だから人は正気では人を殺すことができないのだと信じてきた。

そうではないのだ、と安藤はまな板に置かれた豚肉の塊《かたまり》を見下ろしながら思う。包丁の柄をつかんで突き刺し、体重をかけた。ぐにゅ、と分厚い肉が右にずれただけで、刃はそれ以上刺さらない。仕方なく引き抜くと、鈍った刃先は赤い脂にまみれていた。

強く握った包丁を思いきり振りかぶり、再び肉に向けて叩きつける。ダンッ！　大きな音と肉を切り裂く感触がした。けれどやはり、数センチも切れていない。

安藤は包丁を流しに捨て、手のひらで肉に触れた。こんな包丁じゃダメだ。こんなものでは致命傷を与えることはできない。べたつく脂をかき分け、包丁の幅の切れ込みに爪を立てる。安藤は宙をにらんだ。

それに、どちらかを殺せたとしても、それで捕まってしまえばもう一人には手が出せなくなる。それでは意味がない。

殺意を抱くことが難しいのではない、と安藤は知る。

殺害方法を考えること、凶器を用意すること、冷静さを取り戻すのに十分な時間を費やし、失敗する可能性や殺人に手を染めることによって被る不利益に気づきながらも、強い衝動を維持し続けること、そして実際に行動に移すこと。

溝は、そこにこそあるのだということを。

安藤は震え始めた両手で頭を抱え、キッチンの床に座り込んだ。ぬめる脂に構わず、髪の毛を掻《か》きむしる。

テレビでよく目にする、犯罪者の親族への糾弾がチカチカと脳裏に浮かんだ。息子さんはどんな子どもでしたか。様子がおかしいことに気づかなかったんですか。どういう育て方をしていたんですか。責任を感じますか。

常に正しく生きてきた、放置自転車や歩き煙草にも全力で憤る父。化粧など授業参観日と冠婚葬祭のときにしかせずに、ひたすら家事と育児だけに人生の中盤を費やしてきた母。自分の決断と彼らは何ら関係ないはずなのに、既に実家にいた時間より家を出てからの時間の方が長いというのに、原因は両親にまで遡《さかのぼ》って追及される。嫌がらせの電話がひっきりなしに鳴り、近所からも白い目で見られるだろう。家にも落書きをされるかもしれない。人殺し、出て行け、おまえが死ね――

和室の隅で埃《ほこり》をかぶっているアップライト・ピアノが視界に入る。十年前、ピアノを始めたいと言う加奈のために両親が買い与えたものだ。当時の価格で八十万円。それほど貯蓄がある家ではなかったはずだ。だが、両親は迷わず、買いに行った店にある商品の中で一番高価なものを選んだ。

安藤は小さく首を振る。ダメだ。加奈の死にショックを受けているとはいえ、ようやく自分たちだけの時間を手に入れた両親を、そんな目に遭わせることはできない。弟だって、兄が犯罪者となれば、仕事もこれからできるかもしれない結婚もすべてふいになる。

「加奈」

安藤は吐き出すように呼びかける。

「加奈、加奈、加奈」

赤黒く変色した手のひらを見つめ、唇をわななかせる。

どうしたらいい。どうしたら加奈の無念を晴らせる――

嗚咽《おえつ》を漏らしながらうずくまった。言葉にならないうめきを上げ、何度も拳《こぶし》で床を叩《たた》く。

加奈の日記をどこかに持ち込み、いじめがあったのだと訴えれば、彼女たちはマスコミから学校から親から友達から一斉に非難されるかもしれない。だが、未成年である彼女たちが実名で報道されることはない。マスコミだってまたすぐに別の話題に移るだろうし、転校でもしてしまえばそこで罰は終わってしまう。

彼女たちはろくに反省することもないまま、日常に戻るのだろう。

自殺するまで加奈を追い詰めたのは彼女たちだというのに、彼女たちがそれ以上裁かれることはないのだ。

直接は手を下していないという、ただそれだけで。

安藤は軋《きし》む膝《ひざ》を押さえて立ち上がり、濡《ぬ》れた肉の塊をつかんだ。勢いをつけて引っ張り、両腕で抱える。重い。たった三キロ——加奈が産まれたときよりも軽いはずなのに。

無表情で振り返り、ペダルを踏んでゴミ箱の蓋《ふた》を開けた。半透明の袋の口にめがけて、肉を落とす。ドンッ。底に当たった衝撃がペダルにかけたままの足の裏に伝わった。

両手を洗ってリビングに戻り、電話台の前でしゃがむ。電話帳の隣に並んだB5サイズの名簿を取り出し、ローテーブルに置いてソファに腰かけた。

〈一―D〉

〈安藤加奈〉

指の腹で文字を撫《な》で、視線を下へスライドさせていく。

〈木場咲　東京都世田谷区上北沢六―一三―五〉

〈新海真帆　東京都世田谷区八幡山《はちまんやま》四―八―一ニューリトルキャッスル八幡山二〇一〉

電話番号の右に書かれた住所を見て、安藤は手の甲で口元を押さえた。加奈から聞いていた「咲ちゃん」「まぽりん」のエピソードと日記に書かれていた出来事が混ざり合いながら脳裏をよぎっていく。自分が、まだ彼女たちを実在の人物としてとらえきれていなかったことに気づいた。

――この子たちにも、家がある。

そんな当たり前のことに今さら衝撃を受けたことこそが衝撃だった。当然じゃないか、と自嘲《じちょう》する一方で、この子たちにだって親がいるのだという事実が頭をもたげる。どんなにひどい子だとしても、親からすればかけがえのない子どものはずだ。それを、自分は奪おうとしているのだと、なぜかひどく客観的に考える。

安藤は愕然《がくぜん》と名簿を見つめた。何をしようとしているんだろう。こんなことをして何になるんだろう。本当に他に方法はないのか。

「加奈」

安藤はつぶやく。もはや、口癖のようになっていた。

加奈、加奈、加奈——口の中で転がすように呼びかけながら夢想する。呼びかけた数だけ気持ちが神様に届いて、いつか加奈を返してくれる日が来るとしたら。もしそうなら、食事もせず、睡眠もとらず、喉《のど》がかれても呼び続けるのに——

安藤は震える手で新しい煙草に火をつける。忙《せわ》しなく煙を吸い込み、煙草の灰を落とそうとして、ふと動きを止めた。形にならない何かが、脳裏をかすめる。「加奈」小さく声に出し、いつの間にか灰が落ちきっていた煙草の芯《しん》を小皿にこすりつけた。

立ち上がって電話台に戻り、腰を屈《かが》めて学校名の入ったファイルを引き出す。表紙を開くと〈安藤加奈さんへ〉という紙に比して小さな文字が見えた。木場咲と新海真帆が加奈に何をしたかを知る前からも、きちんと祭壇に供える気になれなかったクラスメートの加奈への手紙——それは、加奈宛《あて》という名目でありながら加奈に向けられた言葉がほとんど見つからなかったからだ。

安藤は指先をカーディガンの裾《すそ》で拭《ぬぐ》い、ダブルクリップで左上が綴《と》じられた小さな再生紙の束をもどかしくめくる。

〈加奈は親友でした。教室移動もお昼休みも放課後もいつも一緒で、本当にいろんな話をしました。

でも、悩みを相談してもらうことはできませんでした。

今でも、朝学校に行くと、つい加奈が普通に登校してくるんじゃないかと思ってしまいます。休み時間に友達と話していても、加奈に相槌《あいづち》を求めそうになってしまいます。加奈がもうどこにもいないなんて、信じられません〉

〈ごはんを食べながら返ってきたテストの話をしていて、だから加奈が落ち込んでいるのには気づいていました。でも、そんなに思い詰めているなんて全然わからなかった。お母さんを犠牲にしてまで生まれてきたのにって何のこと？　悩んでいるならどうして相談してくれなかったの？　加奈に聞きたいけど、聞けないのがつらいです。

加奈が手すりに立ったとき、危ない、下ろさなきゃと思ったのに、びっくりして怖くて動けませんでした。どうして止められなかったんだろう。近くにいたのは私だけだったのに。

私が何かできてたら、今でも加奈はここにいたのかもしれない。

私のせいです〉

彼女たちの文章が、加奈に宛てたものだと思えなかった理由は今ならわかる。木場咲も新海真帆も、加奈への言葉など一つも書いていなかった。すべては隠蔽《いんぺい》のため、事実を隠すための嘘でしかなかった。

「加奈」

安藤は、手紙の束をテーブルに置く。口を開きかけ、閉じた。

もやもやとして形にならなかった思いの輪郭が、急速にはっきりし始める。自分のするべきことは何か。洪水のように思考がめまぐるしく動き、一つ開いた穴に吸い込まれるように収斂《しゅうれん》していく。

――やれるかもしれない。

安藤は初めて、そう思った。

踏み越えられずにいた境界線が、すっと地面に溶け込んで見えなくなるのがわかった。

3

――十一月二日三時五十四分　木場　咲

もうダメみたい。お母さんに伝えて、今までありがとうって。

二段ベッドの下の段で姉が震える手を伸ばし、バサッと腕を布団に落とすと同時に息絶える。おねえちゃん！　おねえちゃん！　咲が悲愴《ひそう》な声で姉の亡骸《なきがら》にすがりつき、本当に目尻《めじり》に涙が浮かびかけたところで、姉がむくりと起き上がった。

じゃあ、次は咲の番ね。

小さくうなずき、姉と入れ替わりにベッドに横になる。ごぼ、ごぼ、お腹を丸めて咳《せ》き込み、口元に手を当てた。

咲、血が……！

姉が息を呑《の》んで後ずさる。咲は慌てて手のひらをパジャマにこすりつけ、手の甲で口を拭った。

だいじょうぶ、おねえちゃん、なんでもないよ。

言いながら再び咳き込み、枕に頭を預ける。

ねえ、おねえちゃん。

なに？　咲。

あのビー玉、おねえちゃんにあげる。

どうして、咲の宝物じゃない。

いいの、もう私には必要ないものだから……

かすれた声を出しながら、しまった、と思う。どうしよう、本当におねえちゃんにあげたことになってしまったら。おしばいなのに。

がくっと首を折り、手っ取り早く死んでみせる。おねえちゃん、今のうそだからね。

そう言おうとして目を開けて、自分が教室にいることに気づいた。

ああ、変な夢を見ちゃった、と首を傾げる。何だろう、姉なんていないのに。しかもビー玉って。苦笑いを浮かべながら周りを見渡して、みんなが棚に逃げ込んでいくのが見えた。

え？　何？

早く隠れないと捕まっちゃうよ！

名前も思い出せないクラスメートが言って、小さな棚に器用に収まる。首で一回、背中で一回、腰で一回、膝《ひざ》で一回。それぞれ交互に折り畳んで、服を畳んだように薄っぺらくなる。私も入らなきゃ、と思うのに、脚一本分も入らない。

それどうやってるの!?　こんなところ入れないよ！

えー簡単だよー。

にこにこと笑う顔が、見知らぬ顔に変わっていく。

早くしないと、アレが来るよー。

どうしよう、アレが来る。教室を見渡すと、自分以外の子はみんな綺麗《きれい》に棚に収まっている。棚に入りきらなかった子は、机の中身を取り出して、その中に。身体を畳めずに立ち尽くしているのは咲だけだった。

早く、早く——アレが来たら殺されてしまう。教室を飛び出すと、目の前には商店街らしき空間が広がっていた。懸命に足を動かし、駅へと走る。逃げないと。アレに見つかる前に電車に乗らないと。

足に力が入らない。宙を蹴《け》っているように前に進まない。どうしよう、このままじゃ捕まってしまう。アレが来る。

踏み切りをくぐって線路を駆けると、駅員が怒鳴った。

危ないよ！　何をやってるんだ！

ホームに這《は》い上がり、事情を話す。アレが来るんです。お金は後で払いますから。とにかく早く乗せて発車させてください。

ああ、なるほど、じゃあ仕方ないな。

駅員が神妙にうなずき、顎《あご》でドアを示した。早く乗りなさい。間に合わなくなるよ。

車内に駆け込み、はあ、と息を吐く。よかった、助かった。ふらつく足を動かし、空いている席に倒れるようにして座る。また走らなきゃいけなくなるかもしれない。少しでも体力を回復させておかなければ。

すると、突然両脇をつかまれた。咄嗟《とっさ》に悲鳴を上げるが、誰も顔を上げない。どうしよう、もう乗っていたんだ。しかも、二人になって。

何とか振り払い、ドアが閉まる寸前で電車を降りる。振り返ると、ドアに張りつく顔が見えた。危なかった。咲は胸を撫《な》で下ろす。

どうしたんだ、乗らなかったのか。

いつの間にか隣に立っていた駅員が、不機嫌そうに言った。

ごめんなさい、電車の中にアレがいたから。

頭を下げて謝ると、駅員は渋面を作った。さっきのが最後の電車だったんだ。仕方ない、駅員用のアパートを貸してあげよう。あそこならアレも追ってこられないから。

ありがとうございます、本当に助かります。駅員の手をつかんで礼を言い、振り向くともう目の前にアパートが見えた。ここだよ、と駅員が指さす。早く上るといい、この階段は君が上ったら撤去してアレは上れないようにしよう。

よかった、心配だったんです。安堵《あんど》のため息をつきながら階段を上り終え、階下を見下ろした。本当に階段が消えている。

ここなら安心だ。もう追ってこられないだろう。咲は強張《こわば》っていた頬を緩め、アパートのドアノブに手をかける。その瞬間、アレが中にいるのがわかった。甲高い声が響く。自分の叫び声だと遅れて気づきながら手すりに両手をかける。

駅員さん！　早く来て！　ここにもうアレがいる！

けれど、駅員は聞こえないのか、背を向けたままアナウンスをしている。こちらは回送電車でございます。ご乗車にはなれません——

どうしよう、駅員さんもグルだったんだ。逃げなきゃいけないのに階段がない。早く逃げないとアレがやってくる。捕まってしまう。

背後でドアが開く音がし、アレが出てくる気配がした。声を限りに叫んで、手すりにすがりつく。助けて！　誰か！　早く来て！

ビクッと身体が跳ね上がり、ハッと目を見開くと部屋にいた。全身が汗でびっしょりと濡《ぬ》れている。

「何だ、夢か」

わざと声に出して言いながら、重い上体を持ち上げ、ベッドから下りる。

本当に目が覚めたのだろうか。

ふいに不安がよぎった。まだ夢の中だったらどうしよう。咲は頰を思いきりつねり、目やにのこびりついた両目を乱暴にこする。紐《ひも》を引いて電気をつけ、まぶしさに目をひそめながら窓を振り向いた。カーテンの端をつかみ、恐る恐る開ける。現れた暗闇をそっとうかがうが、慣れてきた目にはいつもと変わらない庭しか映らなかった。

長く息を吐き出しかけ、弾《はじ》かれたようにドアを見やる。階下からは物音ひとつしない。

加奈の父親がひっそりと玄関のドアを開け、無人のリビングを通り過ぎ、階段を一歩一歩静かに上がってくる姿が浮かんだ。誰にも見とがめられず――その微《かす》かな足音さえ聞こえてくるような錯覚に陥る。

足音がぴたりと止まる。部屋の、ドア一枚を隔てた向こう側に、気配を感じる気がする。咲はドアの前へ忍び寄り、慎重にノブを回す。ドアの陰に身を隠したままそろそろとドアを開ける。反応のないドアの向こうを顔半分だけを出して確かめ、詰めていた息を吐いた。

――どうかしている。

この家には、他に両親がいるのだ。わざわざ忍び込もうなんて考えるはずがない。第一、玄関には鍵《かぎ》がかかっているはずだ。そう思いながら、咲は携帯を片手に部屋を出て、階段を下り、リビングに電気をつけて人がいないのを確認してから玄関の鍵をかけ直す。

咲はがりがりと頭皮に爪を立てた。重たい足を引きずるようにしてキッチンに入り、冷蔵庫を開けてミネラルウォーターのボトルを引っ張り出す。直接口をつけて勢いよくあおり、喉《のど》を三回鳴らしたところで音を立てて空気を吸い込んだ。

いつまで、こんな日々を過ごさなければならないのか。

咲は無表情のままリビングの電気を消し、真っ暗な階段を携帯で照らしながら一歩一歩上る。

結局、何もするべきではなかったのかもしれない。どうせ盗聴器など仕掛けられないのなら、加奈の家になど行くべきではなかった。何事もなかったように普段通りの生活を続けていれば、そうした日常が続いたのではないか。加奈の日記が父親の目に触れることもなかったかもしれない。

だが、それはつまり、いつ終わるかわからない平穏な日々に怯《おび》え続けるということだった。芸能人になっても、大学に進んでも、結婚しても、日記が出てくるのではないか、いつか誰かが自分を糾弾し始めるのではないか、とびくびくしながら過ごすということ。それは、今の状況とどう違うというのか。

部屋の前まで戻ると、開けっ放しにしておいたドアに腕だけを突っ込んで電気をつける。サーモンピンクのカーテン、赤いフレームの姿見、毛の長い黒いラグ、白地に赤いハイビスカスが咲いた羽毛布団、インドネシアのチーク材を使っているというアジアン調のライティングデスク、読みもしない全集が詰め込まれた、印刷された木目が安っぽい本棚。

ちぐはぐな印象の部屋は、けれど出たときと変わったところはない。ガラスに額をつけて窓の外を見下ろし、何の人影もないことを確認してから唇を舐《な》める。

夜明け前の空は、濃い青色をしている。紺ではなく、水族館の水槽に似た青だ。そう意識した途端、呼吸が苦しくなる。まるで自身が魚になって狭い水槽の中に閉じ込められているような気がした。いくらもがいても逃げられない——

影のような雲が、砂糖を水に溶かしたときのように不規則に蠢《うごめ》く。星は一つも見当たらない。窓の外に見える建物の輪郭だけがはっきりしていて、内側は濃い灰色に塗りつぶされている。

咲は、自分でも何を待っているのかわからなくなっていた。

事態が悪化しないようにと祈りながら、進展のなさに焦《じ》れる自分。もうどっちでもいいから早く終わらせてほしい、と思いかけてハッと顔を上げる。

何を弱気になっているんだろう。加奈の父親が誰にも話す気がないのなら、それが一番なのに。

咲は布団に潜り込み、頭からかぶって小さく丸まる。これ以上怖いことが起こらないようにと繰り返し祈りながら、目を強くつむる。


「あれ、笹川さん？」

振り向いたのは、呼ばれたと思ったからではなく、笹川七緒がいるのかと思ったからだった。何であいつがこんなところに。咲は怪訝《けげん》に思いながら首を巡らせ、コンビニの前で片手を挙げた加奈の父親の姿に息を呑《の》んだ。

「ああ、やっぱり」

父親が手にしていた煙草を灰皿に押しつけ、顔をほころばせる。何でこんなところにいるんだろう。再度考えかけて、まさか、と思う。まさか、住所録を調べて「木場咲」の様子を探りに来たんじゃないか。

「君も、この辺に住んでいるの？」

言われた言葉に頭が真っ白になる。君も？　この辺に？　笹川七緒の住所を思い出そうとして、知りもしないことに気づく。どうして調べておかなかったのか。歯噛《はが》みしながら咲は首を傾げてみせた。

「安藤さんのお父さんはどうしたんですか？」

「ああ、ちょっとね」

父親は曖昧《あいまい》な笑みを浮かべる。その表情を見て咲はぞっとした。やっぱり私の家を探しに来たのだろうか。でも、何のために？　そこで思考が止まる。コンビニのゴミ箱の前に並びながら、パラパラと増えてきた人通りを意味もなく目で追った。あ、教会に来たというのはどうだろう、たしかこの裏の道を少し歩いたところに一つあったはずだ、と唐突に思いついた。だが、既に言うタイミングは逸してしまっている。

「そうだ、君に訊《き》きたいことがあったんだ」

「何ですか」

「あの二人の連絡先を教えてくれないかな?」

心臓がつかまれたように跳ね上がり、え、という声が演技ではなく漏れた。

「木場咲と新海真帆の携帯の番号が知りたいんだ。笹川さんは知らないかな?」

頭を殴られたような衝撃があった。覚悟はしていたつもりだったのに、いざ名前を出されると今すぐ叫び声を上げて逃げ出してしまいたくなる。——加奈の父親が、私と真帆の連絡先を知りたがっている。

「……どうしてですか」

訊き返す声がかすれた。

「話を聞きたいんだ」

「それだけですか?」

父親が黙り込む。それだけなはずがない。咲は確信していた。それだけなら、名簿に載っている電話番号にかければ済む話だ。父親は不思議がるような困ったような奇妙な微笑みを浮かべた。

「そうだよ」

それが本心なのか、嘘なのか、判断がつかなかった。

加奈の日記が見つかってから十日、すぐにでも騒ぎになるのではないかと思っていたのに、咲を取り巻く環境は何も変わらなかった。学校から電話がかかってくることもない。ニュースでも、週刊誌でも、まだ加奈の日記については取り上げられていない。それがひどく不気味だった。この男は何を考えているのだろう。何をしようとしているのか。

「知りません」

咲はかろうじて、それだけを答えた。

「……そうか」

父親がため息をつく。ポケットに手を突っ込み、断りもせず煙草に火をつけた。咲は鼻を突く煙の匂いに顔をしかめる。

「ああ、ごめん。煙草の匂い、嫌いかな」

いいえ、と答えながら、そう訊かれて嫌いだと面と向かって答えられる人がどれくらいいるのか、と不快になった。父親は指先に挟んだ煙草に視線を落とし、一歩踏み出して灰皿に灰を落とす。唇に挟み込み、すぅと大きく吸い込む。先端が、赤く染まった。早く帰りたい。だが、父親は白い煙を吐き出しながら言った。

「もう一つ訊いていいかな」

咲の答えも待たずに続ける。

「ある線路の上を壊れたトロッコが走っていて、線路の先には五人の人間が作業をしている」

「え？」

「ちょっとした心理テストみたいなものだよ。ああ、深く考えないでくれ。思ったまま答えてくれた方がいい。……目の前に線路がある。左側から壊れたトロッコが走ってきた。右側にはそれに気づいていない人間が五人いる」

何でそんなの私がやらないといけないの。咲は思ったが、急《せ》かすような口調に反論できない。

「このままだと五人はトロッコに轢《ひ》かれて死んでしまう。このときたまたま、君は線路の分岐点にいたとする。君がトロッコの進路を切り替えれば、五人は確実に助かる。でも、分岐した先の線路ではAさんが一人で作業をしている。トロッコのスピードは速く、どちらの人間にも危険を知らせる方法はない。では、君がトロッコの進路を変えるのは許されることだろうか」

何かを読み上げるように一息に言いきる父親に、咲はたじろぐ。トロッコ？　一体何の話を始めたのか。父親は咲の困惑に構わずに続けた。

「法的な責任は問われないものとして、あくまでも道徳的に見て許されると思うかを問う問題だ。君は、どう思う？」

咲は呼吸を止めた。父親の視線が痛いほどに突き刺さる。

「……それで五人が助かるなら、その方がいいんじゃないですか」

父親は、無表情のままうなずく。何を意図しているのかわからない問いが気持ち悪かった。父親は、憑《つ》かれたように話し続ける。

「では、たとえば君は線路の上の橋にいて隣にはBさんがいるとしよう。Bさんはすごく太っていて、Bさんを線路上に突き落とせばトロッコが止まって五人が助かる。君は痩《や》せているからトロッコを止める力がない。Bさんは状況に気づいていないから自分では行動しないけど、君を警戒してもいないので失敗する恐れもない。では、君がBさんを橋の下へ突き落とすことは許されるだろうか」

咲はごくりと唾《つば》を飲み込む。これは、何を試しているんだろうか。これで何がわかるんだろう。

思わず一歩後ずさってしまう。答えるべきか答えないべきか。だけど、ここで振りきって帰って怪しまれることになったら。

「……それは、さすがにやり過ぎなんじゃないですか」

「なるほど」

父親が、口から長い息を吐き出した。白い煙が緩やかな螺旋《らせん》を描き、宙に消える。

「それが何なんですか」

咲は声を硬くした。いや、と父親は静かに首を横に振る。

「君の答えはごく一般的だよ」

安堵《あんど》と同時に、その他大勢と一括《くく》りにされた屈辱を感じた。勝手に聞き出しておきながらきちんと解説をしようとしないことにも腹が立つ。

「もういいですか」

咲は今度こそ取り繕うことなく不快感を露《あら》わにすると、身体を反転させた。だが次の瞬間、父親は唐突に声のトーンを低くして言った。

「あれ、嘘だろう」

「え?」

「加奈と仲が良かったっていうのは」

頭が真っ白になる。嫌な汗が噴き出した。いつばれたのだろう。どこで、どこまで? 咄嗟《とっさ》のことに狼狽《ろうばい》が隠せない。「やっぱりそうか」と父親が息を吐いた。

「笹川さんが加奈に書いてくれた手紙を読んだんだが、何となく違和感があってね。わざわざ家まで来てくれたにしては……何て言うか、そっけない感じがしたんだ。いや、君を責めているわけじゃないんだよ。ただ、ちょっと不思議な気がして」

何を言おうとしているのだろう。咲は慎重に表情を消す。うなずかず、否定せず、話の展開次第でどちらにも合わせられるように。父親は、そこで言葉を止めた。迷うように視線をさまよわせてから、咲を見下ろす。

「……中学のときにいじめに遭っていたって言ってたけど、本当は今の話なんじゃないか」

答えなかったのは、様子を見るためというより、ただ声が出なかっただけだった。

予想外の話の流れに、咲は唖然《あぜん》とする。

「君は、加奈がどうして自殺したのか知っていたんじゃないか？　あの二人から、加奈がされたのと同じことをされていて……だから、加奈に会いたいと思ったんじゃないか？」

どうすれば、そんな話になるのだろう。咲は思いかけ、けれど、と考える。この男は、まだ私の正体に気づいていない。矛盾点を勝手に解釈して、別の物語を創っている。それは、私にとって喜ぶべきことなんじゃないか。

沈黙する咲に、父親は続けた。

「俺の勝手な勘違いかもしれない。でも、もし君が加奈のようにつらい思いを抱えているなら……俺が力になれないかな」

安いドラマのようなセリフに、咲は鼻白む。男が創り出した物語の軸が見えた気がした。娘を救うことができなかった父親。そこに現れた、娘と同じ境遇にいる子。今度こそ、自分が救ってやらなければという暑苦しい義務感——そうか、この男は新たな役割を探していたのだ。それで、無理やりありもしない欠片《かけら》をつなぎ合わせた。

「一人でつらかっただろう。よく耐えたな」

咲は瞳《ひとみ》の中に涙を溜《た》め、力なく首を振ってみせる。

「もう我慢なんてしなくていいんだ。あの二人は——俺が殺す」

咲は濡《ぬ》れたまつげを勢いよく持ち上げた。

「え？」

「君はもう何も心配しなくていい。だから、もし死のうなんて考えていたら思いとどまってくれ」

「殺すって……」

「死んで当然だろう？　加奈は死んでしまったのに、まだ反省していないんだ」

咲は目を見開いたまま固まった。娘を失った父親の思考は、いくら推しはかろうとしても思いも寄らぬ方向へと向かっていく。

「……でも」

父親はため息をついた。

「君はあいつらにひどい目に遭わされてきたんだろう？　理不尽なことをされたら相手を憎めばいいんだよ。同情なんてする必要はない」

「でも……あの、そんなことしたらおじさんが」

「どうせ、もうこれから先の人生になんて意味はない。妻が死んで、娘にも死なれて、このまま何もせずに一人で生き続けてたってしょうがないんだよ」

咲は絶句した。なぜ、いきなりそんな話になるんだろう。殺す？　私たちを？

「家に彼女たちを呼び出そうと思うんだ」

心臓がどくんと大きく鳴った。どく、どっくん、どくん。脈が不規則に身体の中心を打つ。思考が止まる。

「だけど俺が呼び出したことは彼女たちの親には知られたくない。だから二人の携帯の番号が知りたいんだ」

父親がじっと咲を見据える。

「本当は知ってるんだろう？」

咲は慌てて顔を伏せた。正面から息を吐き出す音が聞こえる。

「勝手に連絡先を教えたりしたら君が彼女たちから怒られるか。……そしたら伝言でもいい。君から彼女たちに伝えてもらえないだろうか」

咲が答えられずにいると、父親は短くなった煙草を灰皿にねじ込んだ。

「加奈は日記を残してなかった。でも、机を整理していたら、加奈が書いたメモを見つけた。そこには、君たちにいじめられていたことが書かれていた、と言おうと思うんだ」

咲は息を呑《の》む。

「もちろん嘘だよ」

父親が小さく鼻を鳴らした。

「この日は十時半まで出かける用があるから、十一時に家に来てくれないか。そこできちんと何があったのかを教えてくれたら、メモはその場で捨てよう。写真も撮っていない――こう言われた彼女たちはどうすると思う？」

咲は乾いた口を開きかける。だが、何を言えばいいかわからない。

「まあ、普通に考えたら十一時に来るだろう」

父親は静かに自ら答えた。

「でも、たとえば鍵《かぎ》の隠し場所がわかるとしたら？　今日は十時半まで出かける用がある――つまりそれまでに家に忍び込むことができれば、証拠を握りつぶすことができる、と考えるんじゃないか？」

カチッ、カチッ。耳の横で、ライターをつける音がした。ふうっと煙を吐き出す音が続く。

「彼女たちは俺に会うことに強い抵抗感があるはずだ。会ったら何をされるかわからない。でも、そんなメモがあったことを人に知られるのは困る。他のクラスメートにもわからないような狡猾《こうかつ》ないじめを考えるような子たちだ。何とかして俺に会わずにメモを処分してしまいたいと思うはずだ――思わなければ、それはそれでいい。きちんと俺に会って、事実を話して、加奈にも謝ってくれるなら、約束通りメモ――日記は処分しよう」

　咲は奥歯を強く嚙《か》んだ。今さら、木場咲として会いに行くことなどできるはずがない。視界が一気に暗くなる。やはり、何もするべきではなかったのだろうか。あのまま大人しくしていれば、たとえ日記が見つかったとしても、穏便に事を済ませることができたのではないか。父親が納得するような「事実」を話し、泣きながら仏壇の前で手を合わせる。そのくらいのことは簡単にできたはずだ。――だが、もう遅い。

「彼女たちは、朝から近くで見張って俺が出ていくのを待つはずだ。俺の姿が見えなくなるのを見計らって、メーターボックスを開け、鍵を使って家へ入る。――それが罠《わな》だとも知らずに」

　父親は、どこか芝居がかった声音で淀《よど》みなく話す。その、論理的なようでいてどこか歪《ゆが》んだ口調に、咲は足元から這《は》い上がってくるような悪寒を覚える。

「家に忍び込んだ彼女たちは、まず加奈の部屋に行って机を見るだろう。そこで初めて、メモが机に直接書いてあることに気づく。彼女たちは何とか早く消さなければと考えて、洗剤を探すはずだ。洗面所の棚を開けて、すぐ手前に汚れ落とし用洗剤と濡れた雑巾《ぞうきん》があるのを見つける。その洗剤を手に加奈の部屋へ向かい、洗剤を雑巾にかける」

　父親は宙を見つめたまま、まるで何かを読み上げるように言葉を吐き出していく。

「その雑巾には、別の洗剤が染み込んでいる。棚の一番前の目立つ位置に置いてあるのは酸性の洗剤、雑巾に染み込んでいるのは塩素系漂白剤だ。この二つを混ぜると猛毒の塩素ガスが発生する」

混ぜてはいけない洗剤を混ぜ合わせる。小学生の頃に漫画で読んだ安いトリックが頭に浮かび、咲は顔から表情を落とした。

「……それで、死ぬんですか？」

かろうじて不安そうな声音を作って言うと、父親は小さく首を振る。

「雑巾の仕掛けは事故であったことを印象づけるためのダミーに過ぎないよ」

咲は、あっさり返ってきた答えに息を呑んだ。

「本当の仕掛けは、クローゼットの中に作る。死因が塩素ガスであることだけ共通すればいいわけだから、よりガスが大量に発生する液体を混ぜ合わせればいい」

父親の饒舌《じょうぜつ》すぎる口調が、バラバラの単語になって、頭の中で意味をなさずに飛び交っていく。反応できずにいる咲に構わず、父親は続けた。

「作業をしている最中に俺が帰ってきたら、彼女たちは焦るはずだ。このままでは見つかってしまう。もう加奈の部屋を出るわけにもいかない。彼女たちは仕方なく、クローゼットに逃げ込む。俺は、それを外から押さえる」

父親はそこで言葉を切った。数秒の間をおき、すっと空気を吸い込む音が響く。

「俺は試したいんだ。反省していれば時間通りに来るだろう。反省していれば、たとえ家に忍び込む方法があったとしても忍び込んだりしようなんて考えないはずだ。机の上のメモを勝手に処分しようともしないし、クローゼットに逃げ込む羽目にもならない」

何を言っているのだろう。全身の皮膚が一斉に呼吸をしようとするかのように粟立《あわだ》つ。開いた毛穴から汗が噴き出るのを感じた。寒い。怖気《おぞけ》にも似た何かがざらりと肌の上を這う。

「死ぬまでの数分間、彼女たちは何を考えるだろう。どんな命乞《いのちご》いの言葉が聞けるか……まず粘膜からやられるから、すぐに意味のある言葉なんて話せなくなるだろうが」

父親は、酷薄な笑みを浮かべた。咲は呆然《ぼうぜん》と宙を見つめる。頭の中に渦巻いていた思考がどこかに吸い込まれ、完全に空白になる。耳から入る声が言葉にならない。

「完全に反応がなくなったら、扉を開ける……そこには二人ともいるんだろうか。どちらかは反省して来ていないのか。わからないが、どちらか一人でも死んでいたら日記を処分して、クローゼットの仕掛けも解体して、俺はベランダから飛び降りる」

咲はハッと父親を見た。

「もちろん、警察は俺を疑うだろう。でも、日記がなければ明確な動機はわからないはずだ。娘を失った悲しみから同世代の子を道連れにしようとした……そんな風に勝手な解釈をされるかもしれないが、証拠が不充分であれば、不起訴処分にするしかないだろう。被疑者が死んでいるんだから」

咲は両手で口元を覆い、足に力を込めて身震いを堪《こら》えた。計画の詳細なビジョンは、これからゆっくり時間をかけてシミュレーションしてみなければつかめない。だが、一つだけわかることがあった。

――加奈の父親が真帆を殺し、日記も処分して自殺する。

それが、自分にとってこの上なく都合がいいということ。

咲は顔を伏せたまま、口角を持ち上げた。

やはり、運命の神は私に味方している。

第五章

1

——十一月五日七時十五分　新海真帆

真帆はこみ上げてくるげっぷを何とか飲み込み、箸《はし》を握りしめた。

大根と細切りねぎがたっぷり入った味噌汁《みそしる》、香ばしい匂いを十畳ほどのリビング中に振りまいている焼鮭、体重を気にする自分のために母親が買ってきてくれた十穀米。食べなければと思うのに、箸を持つ右手が動かない。

「ごちそうさま」

仕方なく言って箸を置く。テーブルの向かいに並んだ両親が、怪訝《けげん》そうな顔を持ち上げた。

「おい、本当に大丈夫なのか」

父親が眉《まゆ》をひそめる。

「具合が悪いんだろう。今日はやっぱり休んだ方がいいんじゃないか」

「ううん大丈夫。ごめんねお母さん、こんなに残しちゃって」

「じゃあこれ俺が食っていい？」

隣から弟の腕がひょいと伸び、答える間もなく皿の上から焼鮭が消えた。母親がとがめる目を弟に向け、けれど何も言わずに真帆に向き直る。

「そうよ、無理することないじゃないの。一日くらい休んだって、どうせそんなに進んだりしないわよ」

いつもは休めと言い募る父親を止める側の母親も言った。

加奈が死んで二ヵ月。

真帆は自分たちがしていたことはもちろん、加奈と同じグループにいたことも家族には話していない。だが、両親からすれば娘のクラスメートが「自殺」したという話に何かしら思うところがあるのだろう。

あれから父親も母親も、学校でのことを頻繁に訊《き》くようになった。今日はどうだった？　勉強にはついていけてるの？　何か困っていることはない？　けれど真帆は、何を訊かれても笑顔ではぐらかすことしかできない。大丈夫。授業内容はたしかに中学のときより断然難しいけど、ついていけないことはないよ。困ってること？　脚が太いのにスカート丈短くしなきゃいけないのが恥ずかしいくらいかな。

「ダイエットのしすぎじゃねえの？　女ってさあ、何であぁ痩《や》せたい痩せたい言うわけ？　そのくせ休み時間は新作だとか期間限定だとか騒いで菓子食いまくんのな。あれ意味わかんねえよ」

まだ中学一年生の弟がませた口調で言って、息を吸う音を響かせながら笑う。

「あんたは黙ってさっさと食べちゃいなさい」

母親が短くたしなめると、弟はつまらなそうに鼻を鳴らしてごはんを口にかき込み始めた。

実際、真帆はこの二カ月で三キロ痩せた。どんなに頑張って間食を控えたり夜寝る前に腹筋をしたりしても、以前はなかなか体重が落ちなかったのに。けれど今は、我慢しなくても食べ物を口にする気にすらなれない。

「真帆、何かあったの？」

「大丈夫だって。亮太《りょうた》の言う通り。ダイエットしてるの……理想体重まで落ちたらやめるから」

真帆は頬骨を意識して持ち上げながら言い、母親に向かって笑みを浮かべた。その隣で、臨月の妊婦のように腹が突き出た父親が渋面を作る。

「十分痩せてるじゃないか。無理なダイエットは身体に悪いぞ。成長期なんてどんどん食べなきゃならないのにダイエットなんて」

「女の子はそういうもんなの。お母さんならわかるでしょ？」

「まあ、ねえ……」

母親が言いながら目を伏せる。沈黙が落ちた隙に、真帆は振り切るように席を立った。

「あ、喋《しゃべ》ってたら遅刻しちゃう」

ひとり言のようにつぶやいて、大きなリボンのキーホルダーがついた鞄《かばん》を手に洗面所へ向かう。手早く歯磨きを済ませ、前髪を手ぐしで整えると、詰めていた息を一回吸い込んでから吐いた。

毛先がぱさついた髪、両目の下にできたくま、痩せるというよりやつれた頬が自分のものではないように見える。たしかに、鏡に映った女は見るからに顔色が悪い。

咲は、今日も休むつもりだろうか。

真帆はキリキリと痛む胃を、肋骨《ろっこつ》の間に親指をねじ込むようにして押さえる。

――この件で何かあったときにしか連絡してこないで。

けれど、あらかじめそう言われている限り、学校に来るかどうかを知りたいだけで連絡をするわけにはいかなかった。

咲は既に九日、先々週の火曜日からずっと休んでいる。不安になったりしないんだろうか。クラスの流行や話題に乗り遅れること、自分がいない日常にみんなが慣れてしまうこと。あたしが勝手に他のグループに移ってしまう可能性を考えたりはしないんだろうか。

真帆はそこまで考えて力なく首を振る。

咲は、そんなことでは揺らがない。一人でいることも、一人でいると周りに思われることも恐れない咲。

咲は、あたしとは違う。

真帆は、いやに重く感じられる腕を伸ばし、水道の蛇口をひねった。水を勢いよく流し、手を洗うでもなく濡《ぬ》らす。ぐらつく蛇口をきつく締め、近所の工務店の名前が入ったタオルで水気を拭《ふ》くと、床に垂れた鞄の取っ手を腰をかがめて拾い上げた。


咲が登校してきたのは四時間目の終わり頃、十三日ぶりに見る咲の顔は、半分がマスクで覆われていた。

「あれ、咲ちゃん、もう大丈夫なの?」

「うん、熱は下がったんだけど、まだちょっと咳《せき》が出るから一応ね」

隣の席のクラスメートに話しかけられた咲が、大きな目元を細めてマスクを指さす。

「今流行《はや》ってるもんね。あ、よかったら後でノート見る?」

「うそ、いいの? すごい助かるー」

はしゃぐような咲の声を聞きながら、真帆は奥歯を噛《か》みしめた。咲が風邪をひいていたということすら知らなかったのが悔しかった。本来なら真っ先にメールで連絡が来て、一番に心配して、ノートを見せるのはあたしのはずなのに。

真帆は授業終了のチャイムが鳴るのを待ち、咲の席に向かう。

「おはよう、咲」

語尾までを、はっきり発音した。真帆は、咲ちゃんという呼び名を使わない。咲のことを名字で呼ぶ一部のクラスメート以外、全員が使う咲の呼び名だからだ。

——あたしだけは、咲に呼び捨てすることを許されている。

それは、真帆の誇りだった。

「熱下がってよかったね」

顔に笑みを張りつけ、腹に力を込めて言った。周りにも聞こえるように。きちんと連絡をもらい、風邪をひいたことも既に熱が下がったことも聞いていたと思わせられるように。

咲が目をしばたたかせ、それからふっと表情を和らげる。

「うん、ありがとう」

真帆は瞬間ぎくりとした。いつもの咲の笑顔のはずだ。だが、口元が隠されているだけで、一気に感情が読み取りにくくなる。嬉《うれ》しいのか、怒っているのか、面白がっているのか、呆《あき》れているのか。笑顔だと思うものの、確信が持てない。

——ねえ、真帆。謝るってことは、相手に判断を委《ゆだ》ねることなの。許すのか、許さないのか。悩むのは相手だけで、自分はもうただ答えを待てばいいだけの状態になる。それは結局、自分が楽になりたいだけってことでしょう？　真帆が本当に加奈のお父さんに悪いことをしたと思ってるなら、謝ったりなんてするべきじゃない。

咲の冷たい声音が脳裏に蘇《よみがえ》る。正しい咲。他の人に見えないものまで見ている賢い咲。咲はあのとき、あたしに幻滅したのだろうか。

「真帆、今日お弁当？」

「え、あ、うん」

真帆は慌ててうなずいた。机の脇にかかった鞄を開き、中から雑誌の付録についていたランチトートを引っ張り出す。

「咲は？」

「私は今日はなし。さすがに今来ていきなりお昼ご飯っていうのもね」

咲は長いまつげを伏せ、苦笑してみせる。真帆は咲の机の端を両手でつかんだが、咲は席に座ったまま立ち上がろうとしない。いつもは、咲の席を動かして机を並べているのに——真帆は唾《つば》を飲み込んだ。やっぱり怒っているんだろうか。喉《のど》の奥が渇き、胃が重くなる。迷うように口だけを先に開いたところで、咲が言った。

「今日は屋上で食べない？」

「え?」

「いい天気だし——ちょっと話したいことがあるから」

声のトーンを落として続けられた言葉に、真帆は短く息を呑《の》む。話したいこと——嫌な予感がした。けれど断る勇気も、そもそもそんな意思すらわいてこない。返事を待たずに歩き始めた咲の後を、真帆は小走りに追う。

上履きの足跡が目立つ白い廊下を、咲は無言で進んでいく。

周りに知った生徒の姿が見えないことだけが救いだった。気まずい沈黙だと見抜かれることが恥ずかしい。そんなことがいちいち気になって仕方ない自分が情けない。廊下の脇に貼られた掲示物を見やるようなそぶりを見せながら、何を言うべきかを必死に考える。あの後、本当に加奈の家に行ったのか。日記はあったのか、なかったのか。咲はどんな結論を出したのか。どうして休んでいたのか。なぜ一度も連絡をくれなかったのか。浮かぶ言葉には、どれも責める色がついていて、何からどう切り出せばいいかわからない。

咲の細く形のいい脚が、階段を一定の速度で上っていく。咲の長い腕が屋上庭園へとつながる扉を開けると、予想以上の冷気が顔に吹きつけた。

教室を四つ分並べた広さのレンガ造りの庭園。外国のカフェテラスのように白い丸テーブルや椅子が配置された空間は、学校案内でも必ず写真が載る人気の場所だ。春や夏には、お昼休みだけでなく、授業の間の十分休みにも放課後にもほとんどの椅子が生徒たちで埋まる。

だが、今日は誰もいない。当然だ。十一月にもなれば、吹きっさらしでビル風まで吹く屋上は寒く、好き好んでランチをするような場所ではなくなる。

「寒いね」

咲がブレザーの裾《すそ》を伸ばし、首を縮めて言った。真帆はひとまず咲が言葉を発したことにほっとして、そうだね、と無難にうなずく。

咲に手振りでうながされ、隅にひびが入ったベンチに腰掛けた。冷たいコンクリートが剝《む》き出しの脚に触れ、思わず息を詰める。咲が両手を使ってスカートを巻き込みつつ浅く座るのを見て、ランチトートをベンチに置いて座り直した。

真帆は太腿《ふともも》の上に弁当箱を置き、ゴムバンドを外しながら口を開く。

「そう言えば、結局加奈んち行ったの？」

さりげなく言ったはずの言葉が、自分でもわかるほど上ずった。けれど咲は何ら意に介していないように空を見上げ、二の腕をさすりながら、ううん、と短く答える。

「え、行ってないの？」

「うん、まだ」

じゃあ、この二週間何をやってたの。思わず浮かんだ疑問を飲み込んだ。何とかしてくれるんじゃなかったの。何もするなって言ったのは咲なのに。不満が頭をもたげるが、言えるはずはない。

咲は飄々《ひょうひょう》と続けた。

「だって風邪ひいてたし」

「そうだよね、ごめん」

反射的に謝ってから、本当に風邪だろうかと注意深く咲を見る。ただの風邪なら、どうして連絡をくれなかったの。病み上がりなら、こんな寒い場所にいない方がいいんじゃないの。口に出せない言葉が溜まっていく。咲も口を閉ざし、二人には広すぎる洒落《しゃれ》た庭園に探り合うような沈黙が戻った。

ふいに、すっと波が引くように哀しくなる。

どうして、こんなことになってしまったんだろう。

咲と同じグループになれて嬉しかった。咲に親友と言ってもらえるのが誇らしかった。一緒に買い物に行き、合コンに行き、家に帰ってからもメールや電話で話し続けて、それでも話すことは尽きなかったはずなのに。

加奈が死んでからだ。加奈がいなくなって、バランスが崩れてしまった。ここにあるのは、もうあの頃の残骸《ざんがい》でしかない。

でも、と真帆は思う。

それでも、この上咲までいなくなったら、どうすればいいかわからないのだ。

「ねえ、真帆」

咲の白い手が、静かに伸びた。弁当箱を支える左手に重ねられ、その冷たさにハッとする。咲が囁《ささや》くように言った。

「携帯、貸してくれない？」

「え？　携帯？」

「うん、電話代が高すぎるって、お母さんに取り上げられちゃって。ごめんね、だから真帆にも連絡したかったんだけど、できなかった」

しょんぼりした咲の様子に、ようやく胸の奥に小さな柔らかい熱がともる。

「いいけど、何に使うの？」

真帆はブレザーのポケットから携帯を取り出した。大量のラインストーンに覆われた咲と同じiPhone。咲は迷うように長いまつげを伏せ、小さな口を開く。

「……実はね、今好きな人がいるの。家電《いえでん》だとその人からの連絡受けられないから」

「うそ、誰？　あたしの知ってる人？」

予想外の答えに、テンションが一気に上がる。初耳だった。中学の頃からどんなにかっこよくて人気がある男の子に告白されても、ずっと断り続けてきた咲。その咲に好きな人がいたなんて。

「ううん、中三のとき塾で同じクラスだった……天野《あまの》くんって人。でもね、片思いなの。全然自信ない」

「何言ってんの！　咲に好かれて嬉しくない男なんているわけないじゃん！」

「そうかな」

咲が恥じらうようにそっとうつむく。思わず写真に撮りたくなるような表情に、真帆は疼《うず》くような喜びを感じた。中学時代、咲と同じグループにいた子たちの顔が浮かぶ。あの中に、咲のこんな顔を見たことがある子がいるだろうか。咲から恋愛相談された子がいるだろうか。

「先週の木曜日にメールが来たの。今度カラオケでも行かないかって。ただ合コンの幹事頼みたいだけかもしれないけど、でも、私嬉しくて」

「そんなの咲と連絡とるための口実だよ。絶対そいつ咲のこと狙ってるって」

「えーそんなのわかんないよ」

咲は、満更でもなさそうに艶《つや》やかな茶色い髪を指先で弄《もてあそ》ぶ。ちらりと、うかがうような上目遣いを真帆に向けてきた。

「だからね、今が大事なときなの。せっかく距離を縮めるチャンスなのに、こんなときに携帯取り上げられちゃうなんて、ほんとついてない。ねえ、真帆。お願い、数日でいいの。お金も払うし、報告もするから。……ごめんね。非常識なのはわかってるんだけど、こんなこと真帆にしか頼めなくて……他の子には秘密にしてくれる?」

報告。

真帆にしか頼めない。

他の子には秘密。

「彼の連絡先はわかるの?」

そう訊《き》き返しながらも、真帆の心は既に決まっていた。


十一月十一日。

真帆はJR線への乗り換え口を通り抜けながら、電光掲示板の隣の時計を見上げた。七時五十二分——待ち合わせまではあと一時間以上ある。新宿から山手線で池袋へ、有楽町線に乗り換えて千川へ。今なら何分の電車に乗れるだろうか。真帆は斜めがけポーチを抱き寄せ、携帯を取り出そうとして咲に貸したままだったことを思い出した。

ポーチを身体の脇に戻し、奥歯をぐっと噛《か》む。

咲はあれから、毎日きちんと学校に来ていた。

休み時間ごとに額をつき合わせて咲の恋愛話で盛り上がる。教室移動は連れ立って歩き、お昼も机をくっつけて食べる。

一緒に行動する人間がいるということに、真帆は感動にも似た安心感を覚えていた。しかも、その相手は咲だ。街中を歩いていると他の学校の男子が咲を見て振り返ることがあって、美人の彼女を連れて歩いている男はこんな気持ちなのだろうか、と真帆は思う。

咲は嬉《うれ》しそうに、天野くんとのやり取りを報告してくれる。今日は十二回もメールのやり取りをした。好きな映画が同じだった。いっぱいメールしちゃってごめんねって言ったら、もっとしてよって言ってくれた。照れくさそうに声をひそめながら、千円札を差し出す。借りっぱなしでほんとにごめんね。お母さんには交渉してるから、もうちょっとだけ待ってくれる？

真帆はいいよそんなの、と答え、千円札を差し戻す。けれど咲は譲らない。いいから受け取って、ほんと申し訳ないから。

咲は、真帆宛《あて》のメールや電話については話さない。真帆も訊こうとはしない。おそらく誰からの連絡もないのだろう。高校に入って咲と仲良くなってから、中学時代の友達とは一切連絡を取っていない。携帯を変え、新しい連絡先を教えなかった。

あたしは生まれ変わったのだ、と真帆は自分に言い聞かせる。もう、あの頃とは違う。ださくて、きもいと陰口を叩《たた》かれて、当然のように見下されて、それでも何の反論もできなかったあの頃の友達とは、生きる世界が違うのだ。

真帆はブーツの踵《かかと》を勢いよく鳴らし、人ごみの中を敢然と進む。途中で男の人にぶつかっても、いてえなブスとすごまれることもないと思うと、自然と歩く速度が上がった。

エスカレータ横の階段を上がり、ホームを見渡す。見える限り、咲の姿はない。せっかく家が近いんだから地元から一緒にくればよかったのに。一瞬だけ不満が浮かぶが、すぐにどこかへ消えていく。咲がその方がいいと言うのだからそうなんだろう。真帆は柱に寄りかかりながら、咲にやってもらったピンクと白のフレンチネイルをじっと見つめた。

これから自分たちがしようとしているのが罪に問われるようなことだというのは真帆にもわかる。だが、不思議とそれほど怖くはなかった。だって、咲が一緒にいる。二人だけの秘密の罪は、絆《きずな》をより強めてくれるはずだ。

『電車がまいります。白線の内側に下がってお待ちください』

独特の節回しのアナウンスと共に、線路の奥から電車が滑り込んでくる。びょお、と吹きつけてくる風で前髪が一斉に立ち上がった。真帆は柱から身を離し、白線の外側に向かって足を一歩踏み出す。

――今日から咲は、あたしから離れられなくなる。

ねじり上げられるように、後ろ髪も逆立った。

2

——十一月十一日七時五十二分　木場咲

いつもは胸の下までおろしている髪を頭の後ろで一つにまとめ上げた咲は、改札の前で出しかけた定期入れを引っ込めた。——危なかった。万が一のことを考えれば、千川まで移動したという記録を残すべきではない。定期入れをポーチにしまい、代わりに財布を取り出す。学校にはかけていったことがない銀縁のメガネを押し上げ、最近見上げることのなくなった運賃表で値段を確認した。

今日の計画について真帆に話したのは、金曜日のお昼休みだった。咲は真帆の媚《こ》びるような上目遣いを思い出し、唇をそっと歪《ゆが》める。

——昨日の放課後、加奈んちに行ってみたんだけど、ほんと行ってよかった。加奈の机から遺書みたいなメモが見つかったんだって。見せてはもらえなかったんだけど、私たちにいじめられてたとか、何か怨《うら》みがましいことが書いてあったらしくて、もう少しで警察に持ち込まれるところだった。でも、ちょうど私が線香上げに行ったからさ、とりあえず二人で謝りに来いって。……だからね、訊いたの。いつなら都合がいいですか、今週末は出かける予定とかありますかって。

え？

怪訝《けげん》そうに声を裏返らせた真帆に、咲はかぶせるように続けた。

日曜日の九時五十分から十時半までは出かけるんだって。その間なら忍び込めるから、そんなメモなんて捨てちゃえばいいよ。

でも、もうばれてるならそんなことしても意味ないんじゃ……

真帆は開いた弁当に口をつけようともせずにうつむいた。咲はその震える手を上から握り、充血した目に視線を合わせる。

あれからもう二ヵ月だよ？　私たちは加奈と仲良かったことになってるし、父親がいじめがあったはずだなんて騒いでも何か証拠でもない限り今さら誰も相手にしないよ。

でも、忍び込むって言ってもどうやって……

――大丈夫。私、加奈から聞いたことあるの。わたしもお父さんもおっちょこちょいだから二人とも出かけるときは鍵《かぎ》隠してるんだよねって。だから加奈の家を出たあと、加奈の父親が出かけるのを見張ってみたの。あいつ、本当に鍵隠してた。ドアの隣の、ほら電気メーターとか入ってるとこあるでしょう？　あの中の管とかの裏。ちょっと見ただけじゃわからないようにしてたけど。

そこで言葉を区切り、つないだ手に力を込めた。

──一緒に頑張ろう？　私、真帆と二人なら、何とかできる気がする。

内容に矛盾はないか。過不足はないか。不自然な点はないか。口にした言葉を反芻《はんすう》し、小さくうなずく。鍵については若干不自然さが残るが仕方ない。たとえおかしいと思ったとしても、真帆にはこれが罠《わな》だとは気づけまい。

そう、罠だ。

心もとないほど小さく感じられる切符を改札に押し込み、顔を伏せて通り過ぎる。昨日ユニクロで買ったばかりのシンプルなグレーのパーカーの袖《そで》をまくり、腕時計に視線を落とした。八時七分。

加奈の父親の計画では、家が無人になるのが九時五十分、帰ってくるのが十時だという。

姿が完全に見えなくなるのを待ってから五階まで上がり、鍵を見つけ出して部屋に入る──そこまでにかかる時間が二分、いや、エレベータに監視カメラが付いている可能性を考えて、念のために階段を使うとなると三分はかかる。つまり、使える時間は七分だ。たったそれだけの間にすべてを終えるのは難しい。第一、無理にクローゼットに閉じ込めたりすれば真帆は暴れるだろう。大声を出すかもしれないし、押さえきれない可能性だってある。

真帆に、自分の意思でクローゼットの中に居続けることを選択させるには、やはり誰かが来たから隠れなければならないと思わせるしかない。

九時五十三分、家が空くのを見計らって鍵を使って家に入り、真帆を連れて加奈の部屋へ向かう。そこで机を見て驚いてみせる。メモって言うから紙だと思っていたと愕然《がくぜん》としてみせ、消すために洗剤を探そうと提案する。洗面所へ行って洗剤と雑巾《ぞうきん》を持ってきてメモを消し始めるのが九時五十五分、後は外を見張ってくるとでも言って十時になる前にそっと家を抜け出し、六階以上の階段で十時が過ぎるのを待つだけだ。

駅の階段を一段一段、踏みしめるように上りながら、安藤家の構造を思い浮かべてシミュレーションを繰り返す。

問題は、真帆がちゃんとクローゼットに入ってくれるかだ。身を隠そうとした場合真っ先に思い浮かぶ場所だとは思うが、だからこそ逆に他の場所に隠れなければという心理が働くかもしれない。私の姿が見えないことに動揺して隠れるタイミングを逸し、父親と鉢合わせしてしまう可能性も考えられる。

あらかじめ、いざというときの行動パターンを決めておくのがいいかもしれない。

他には——何かあるだろうか。咲は思考を巡らせた。

そうだ、父親が部屋に入ってくるまでちゃんと真帆がクローゼットに入ったままでいるかもわからない。調べたところによると、塩素ガスは匂いがきついらしい。目や喉《のど》も染みるはずだ。異変を感じた真帆は、とりあえず外に出なければと思うかもしれない。

だが、一緒に洗剤を持ち込ませれば、たとえ妙な匂いがしても、それは洗剤の匂いだと考えるのではないか？

真帆は一人になることを何よりも恐れている。加奈がいなくなった今、私に見捨てられればあの子は一人になる。絶対に出てこないで。物音も立てないで。失敗したら終わりなの。私たち、一緒にいられなくなる。そうきつく言い含めておけば、少なくとも数分は耐えようと思うのではないか。

加奈の父親は、数分もあれば死に至ると言っていた。すぐに粘膜がやられるのなら、余計なことを喋《しゃべ》る時間もないだろう。

リスクはあるが、できないことではない。

ホームにアナウンスが流れ、車輪がレールを削る不快な騒音が耳を覆う。咲は顔を持ち上げ、口元を引きしめた。

——大丈夫。私はついているんだから。

電車のドアが、ゆっくりと開く。

咲は背筋を伸ばし、静かに足を踏み入れた。

「いい？　真帆」

九時三十八分、咲は駐輪場の裏の木陰に身を潜め、そっと口を開いた。

「これがうまくいきさえすれば、もう何の心配もなくなるの。でも、もし失敗したら、みんなに責められて、私も転校させられちゃう。……私、学校を変えさせられるのは別にいいけど、真帆と一緒にいられなくなるのは嫌」

エントランスを見つめたまま、囁《ささや》く声音で言う。

「だから、何があっても全部私の言う通りにして。大丈夫、言う通りにしてくれれば絶対上手《うま》くいく」

真帆が首を上下させる動きを視界の端でみとめ、もう一度エントランスを確認してから真帆に向き直った。ジーンズのポケットから体温で温まった携帯を引っ張り出す。

「そうだ真帆。これ、本当にありがとう」

「もういいの？」

真帆の手のひらに押しつけるように渡し、微笑んでみせた。

「うん、やっと自分の返してもらえたから。長い間借りちゃってごめんね」

もう真帆から証拠になりかねない連絡をされる心配もない。咲は上目遣いに真帆を見上げる。

「そうだ。来週、一緒にディズニー行かない？」

「え？」

「私、親友とディズニー行くのが夢だったんだ。真帆、行ったことある？」

親友、と言う言葉を意図的に織り込み、はしゃぐように声を弾ませる。

「あ、うん。ランドの方はあるけど」

「じゃあシーにしよう。……実はね、天野くんとつき合えることになったの」

「うそ、すごいじゃん！」

強張《こわば》っていた真帆の頬が、一気に溶け出した。咲は照れたようにうつむいてみせながら、横目でエントランスを盗み見る。加奈の父親の姿はまだない。

「ほんと、真帆のおかげだよ。真帆がいなかったら、絶対上手くいかなかった。携帯のこともそうだけど、真帆が相談に乗ってくれたから。……でもね、私つき合ったりするの初めてだからどうしたらいいかわからなくて……これからも相談に乗ってくれる？」

真帆が勢いよくうなずいた。両目がわかりやすく輝く。

「当たり前じゃん！　って言っても、あたしも彼氏いたことないけど」

「じゃあ天野くんに友達紹介してもらおうよ」

咲は真帆に肩を寄せ、目配せをしてみせた。

「楽しいだろうなあ。ダブルデートとか、四人で旅行とか行っちゃったりして」

そこまで言って、エントランスを振り向く。向かいの通りにまで視線を流し、息を吐いた。武者震いのような震えを、拳《こぶし》を握りしめてやり過ごす。ディズニー、恋愛相談、ダブルデート、旅行。この約束が果たされることは絶対にない。天野は実在するが好きだと思ったことなど一度もないし、今回だって連絡など取ってもいないのだから。だが、少女漫画が大好きな真帆の耳には、この上なく魅力的なアイデアに聞こえるはずだ。

咲は何気なくうつむいて、ハッと気づく。

真帆が、ブーツを履いてきている。瞬間、頭に血が上った。この子は馬鹿なのか。どうして想像できないんだろう。人の家に忍び込もうというのに、着脱に手間と時間のかかるブーツを履いてきてどうしようというのか。咲は自分の足元を見下ろす。足音が響かないように買った、ピンクに黒ドット柄のバレエパンプスが見えて苛立《いらだ》ちが増した。

エレベータが到着する短い電子音が微《かす》かに響く。

咲は左手首にすばやく視線を落とした。九時四十五分。ごくりと生唾《なまつば》を飲み込み、口元に当てた人さし指を真帆に見せる。真帆は意図を察していることをアピールするように無言で何度もうなずいた。

ほどなくして、一人の男が現れた。

伸びっぱなしだった白髪交じりの髪は短く切られ、顔の下半分を薄汚くみせていた無精髭《ぶしょうひげ》は綺麗《きれい》に剃《そ》られている。けれど、咲には男が誰だかわかった。どくん、と心臓が大きく鳴る。直接わしづかみにされたような痛みに、息を詰めた。

安藤は真っ直ぐに向かいの道へと歩を進めていく。左手を上げて時計を確認し、何かの約束へと急ぐようなそぶりで角を曲がった。

一、二、三。咲は頭の中でゆっくりと数え、そろそろと立ち上がる。エントランスへ駆け寄り、真帆に向かって顎《あご》をしゃくってみせた。真帆がエントランスの外へ数歩進み、首を振る。

「大丈夫、もういない」

咲はそれには返事をせずに踵《きびす》を返す。足早にエントランスを通り抜け、エレベータの奥にある階段を駆け上がった。

「え、階段で行くの？」

慌てた声を上げた真帆を無視してそのまま一気に五階まで上がる。上り終えると足を止め、大きく息を吐いて肩を上下させながら真帆の肩に手を置いた。

「ここにいて」

短く言い、辺りを見回しながら足を踏み出す。〈五〇四　安藤〉——表札をちらりと見上げ、もう一度視線を左右に滑らせてからメーターボックスの取っ手に手をかける。大きく響いた金属音に思わず身をすくませ、動きを止めた。他の物音がしないとわかるのを待ち、電気メーターの裏に手を伸ばす。指先に触れた冷たい感触に唇をちろりと舐《な》め、すばやく立ち上がってボックスを閉めた。震える鍵《かぎ》先が、鍵穴の脇に当たってカッカッと音を立てる。左手で右手を支えて鍵穴に差し込み、力を込めて回した。勢いよく引き抜き、ドアを開けながら真帆を振り向く。早く。声を出さずに口だけを動かし、先に中へ入った。

小走りで近づいてきた真帆の腕を左手で強く引き、右手でドアを閉める。伸ばした袖《そで》で指先を覆ったまま鍵をかけて靴を脱ぎ、両手に二人分の靴を拾い上げて廊下へと進む。

予想以上に暗い。

「電気つけて」

短く言うと、真帆は身体を壁に寄せ、覗《のぞ》き穴から入るわずかな光を頼りに電気のスイッチを押した。視界がパッと開ける。玄関に置かれたぼやけたオレンジ色のプリザーブドフラワーと足下に敷かれた幾何学模様の玄関マットが浮かび上がった。住人だけがある日突然消えてしまったかのような、妙に生活臭のしないリビングを通り抜け、ドアの前で立ち止まる。

「ここが、加奈の部屋」

ドアの前から退きながら真帆を振り向くと、真帆がドアノブを素手で握った。手首を回し、ドアを開ける。後ろに続き、立ち尽くした真帆の脇を通って肘《ひじ》で電気のスイッチを押した。

真っ先に目に飛び込んできたのは、ハンガーにかけられた制服だった。思わずたじろぎかけた足を踏み出し、奥に置かれた机に歩み寄る。

「真帆、早く机探して」

言いながらベッドの横に靴を置き、空いた手で真帆の背中を押した。慌ててがむしゃらに引き出しを開け始めた真帆の背後から、閉じられたノートパソコンを何気なくどかしてみせ、音を立てて息を吸い込む。

「これ……」

「どうしたの？」

脇から覗き込んできた真帆を見上げ、切迫した声で言った。

「どうしよう真帆。これ、机に直接書いてある」

真帆が机に両手をついて、身を乗り出す。

「あ」

「ごめん、私、机からメモが見つかったとしか聞いてなくて……どうしよう、これじゃ捨てられない」

真帆の隣に並び、机を前に口元を両手で覆った。

〈どうしよう、やっぱり見つからない。たぶん咲ちゃんたちだと思うけど、わからない。本当にどこかで落としたのかもしれないし。でも、まぽりんはなくなる直前に何これださいって笑った。盗られたとしたら、トイレに行ったときだ。どうしてちゃんと持って行かなかったんだろう。

もう一回咲ちゃんに聞いてみようかな。でも、そしたらまた疑ってるって思われる。友達を疑うのって怒られる。証拠なんかない。どうしてわたしはこんなに弱いんだろう。もう取り返しがつかない。咲ちゃんたちなら、たぶんもう捨ててる。

ごめんなさいお母さん。

わたしは、お母さんより咲ちゃんたちを取った〉

日記の中から引用したようだ。加奈の字を懸命に真似たのだろう。丸みを帯びた微かに右上がりの文字には見覚えがある。一字一字、加奈のノートと見比べながら机に向かう加奈の父親の背中が目の前に浮かんだ気がして、思わず机から顔を背けた。

ここですぐに消そうと言い出すのは不自然だろうか。真帆の背中に目を向ける。真帆が自ら気づくのを待つべきか。腕時計を見やる。九時五十三分。真帆は机を見下ろ

ない。
た通りわかりやすく並んでいる洗剤と濡《ぬ》れた雑巾《ぞうきん》を手に取る。九時五十四分。時間が
咲は舌打ちを堪《こら》えて部屋を飛び出した。洗面所に駆け込み、加奈の父親が言ってい
「そうだ」
したまま、微動だにしない。

「真帆、これで消そう？　大丈夫だよ、何とかなる、」

加奈の部屋に戻りながら言いかけて、言葉を止めた。

真帆が、泣いていた。

声も出さず、身体だけを震わせて、涙で崩れた顔を呆然《ぼうぜん》と机に向けている。

「ごめん、咲……あたしやっぱりできない」

咲は耳を疑った。何を言っているのだろう。あとちょっとなのに。これさえ終われば何の心配もなくなるのに。

「……どうしよう、あたし知らなかったの。加奈がこんな風に思ってたなんて……。ねえ、咲。やっぱり加奈のお父さんに謝ろう？」

指先が震える。言葉が出ない。表情がうまく作れない。今さら馬鹿なこと言わないで。謝ってどうするっていうの。あんたはそれでよくても私は、

——私はどうなるの。

焦りが頭の中をぐるぐると回る。耳たぶが熱い。どうすればいい？　どうすれば、真帆を思い通りに動かせるのか。どうすれば、真帆をクローゼットに閉じ込めることができるのか。考えなくてはと思うほどに頭が白くなっていく。ダメだ、落ち着かないと。

咲は意識的に息を吸い込み、吐いた。九時五十五分。唇を湿らせ、唾《つば》を飲み込む。

そのとき、玄関でチャイムの音が響いた。

どうして！

咲は叫び声を必死に堪え、唇を噛《か》んだ。時計を見下ろす。九時五十五分。やはりまだ時間があるはずだ。

まさか、時計がずれていた？

まるで警告でもしているかのように、間を置いてもう一度チャイムが鳴る。真帆がすがるように咲の腕をつかんできた。

「どうしよう咲」

玄関から、金属の当たる軽い音が聞こえてくる。真帆がびくりと肩を揺らした。咲はその手を握り、動転した目を覗き込む。

「真帆、落ち着いて」

咲は息を詰め、手にしていた洗剤と雑巾を真帆に押しつけた。

「やばい、入ってくる。とりあえず真帆はこれ持ってクローゼットに隠れてて」

「でも」

「勝手に忍び込んでたことがばれたら謝ったって信じてもらえない。何を言っても言い訳になっちゃう。どうするかは私が考えて合図するから、それまでは何があっても絶対音を立てないで、声も出さないで」

咲は一息で言い、床に転がっている靴をつかみ上げて窓へ向かった。ベッドに上り、カーテンを開かずにめくり上げ、出窓の上に乗ってカーテンを下ろす。真帆がおろおろと出窓とクローゼットを見比べるのがカーテンの隙間から見えた。早く、早く。拳《こぶし》を強く握りしめ、真帆をにらみつける。真帆は飛びつくようにクローゼットを開け、転がり込んだ。

玄関のドアが開く金属が軋《きし》む音が響くのと、クローゼットが閉まるのがほぼ同時だった。

咲は抱えた膝《ひざ》に顎《あご》を沈め、呼吸を止める。クローゼットを開けた音、真帆が転がり込んだ音、クローゼットを閉じた音。どれも、無視できない音量だ。加奈の父親にも聞こえていれば、迷わずにこの部屋に来るはずだ。

心臓の音が鼓膜を打つ。静かにしなければと思うのに、荒い息遣いが止まらない。どうしてせめて電気を消さなかったんだろう。そもそもどうして電気をつけてしまったんだろう。加奈の父親がこの時間に帰ってきかねない可能性は考えておくべきだったのに。

部屋のドアが開いた。

咲は目を強くつむる。心臓が痛いほどに高鳴り、口から嗚咽《おえつ》が漏れそうになる。足音を聞こうにも、耳が上手《うま》く音を拾えない。

けれど次の瞬間、部屋の入り口で立ち止まっていた気配が、ふっと遠ざかった。咲が恐る恐る目を開けた途端、視界が暗くなる。電気が消えたのだと気づくまでに数秒かかった。ドアが閉まる音が響き、張りつめていた空気がふっと緩む。

どうしたのだろう。どうして入ってこないのか。

咲は、違和感に気づいた。

さっき——どうしてチャイムが鳴ったのだろう？

加奈の父親ならば、チャイムを鳴らす必要はないはずだ。——ということはつまり、父親ではない？　浮かびかけた疑問に、咲は混乱する。だったら今の人は誰なのか。父親はどうしたのか。予定では、そろそろ帰ってきてもおかしくないのに——

咲は、慌てて白くなった拳を裏返す。

早く、逃げなければならない。だが、まだリビングからは人の気配がする。真帆は、とカーテン越しにクローゼットの方に目を向けた。

そろそろクローゼットにはガスが充満してくる頃だ。目や喉《のど》に異変が生じ、呼吸がままならなくなってくる頃。咲は腕時計をにらみつけ、前歯で下唇を嚙む。

九時五十八分。

——ねえ、咲。やっぱり加奈のお父さんに謝ろう？

真帆の反応は、完全に予想外だった。真帆が、今さらそんなことを言うなんて。そう、今さらだ。一緒になって加奈の「自殺」の理由を考えたのは誰だ。今日、ここについてくるのを選んだのは誰だ。加奈が残したメモだという時点で、恨みがましいことが書いてあるのは想像がついたはずではないか。

——どうしよう、あたし知らなかったの。加奈がこんな風に思ってたなんて……

偽善者。咲は心の中でつぶやく。

あの子、ちょっとイタいよね。初めにそう言ったのは、たしかに咲だった。お母さんがくれたんだけどね、でもお母さんが似合うって言うから——とっくにいないはずの母親について事あるごとに話す加奈はどこか誇らしげで、お母さん、という響きがひどく子どもじみて聞こえた。明確な悪意があったわけではない。おかしい、と思ったから笑っただけだ。

だが、真帆は身を乗り出してうなずいた。あ、それあたしも思ってた！　真帆はその日から、加奈に笑顔を向けなくなった。

加奈を遊びに誘わないようにしようと言い出したのも、加奈の財布が母親の形見であると知りながら盗んで捨てたのも、加奈の弁当に砕いた蟬の抜け殻をかけて食べさせたのも、加奈に一緒に写っている写真を捨てさせたのも、看護師の母親から加奈の母親の死の背景を聞き出してきたのも、それを加奈に話して聞かせたのも、全部真帆だ。真帆が自分で決めてやったことだった。

仲間外れにされれば悲しくならないはずがない。母親の形見を捨てられたら落ち込まないはずがない。蟬の抜け殻なんて食べたいわけがないし、「同じ写真に写っているだけで気持ち悪い」と言われれば傷つかないわけがない。自分が生まれたことで母親が死んだと知れば、ショックを受けるのは当たり前だ。そんなことは、やる前からわかっていたはずではないか。

激しい怒りがこみ上げてきて、喉の奥が絞められたようにぎゅっと詰まった。音が消える。代わりに強い耳鳴りがした。

咲は焦点の合わない目を時計に向け、無理にまばたきをして時刻を確認する。九時五十九分。カーテン一枚で隔てられた部屋の空気は、乱される気配を見せない。二十五秒。三十秒。三十五秒。もどかしいほどにゆっくりと回転する秒針を見つめ、一心に祈る。ああ、どうか。どうか加奈の父親が帰ってきませんように。早くこの人が帰ってくれますように。このまま真帆がじっとしていてくれますように。クローゼットから飛び出したりしませんように。

再び玄関のドアが開く音が聞こえたのは、それから永遠のように長い時間が経った後、時計の針では十時一分四十八秒のことだった。

静まり返った部屋の中で、さらに十二秒待ってから、咲はそっとカーテンをめくった。軋む膝をゆっくりと伸ばし、ドット柄のベッドカバーの上につま先から足を載せる。

スプリングが軋む微《かす》かな音に顔を強張《こわば》らせながらカーペットに降り、クローゼットの前へと進む。腕を伸ばしかけ、宙で止めた。

真帆がクローゼットに入ってから七分、これだけ時間が経っていれば真帆はもう死んでいるはずだ。そう思った途端、足元から悪寒が這《は》い上がってくる。

私は——私は真帆に、罠《わな》が仕掛けられているクローゼットに入るように言った。

慌てて頭を振る。違う。真帆が自分で選んだのだ。得体の知れない息苦しさよりも、一人になることを恐れた。それは真帆自身の判断だ。

咲は震える腕を下ろし、踵《きびす》を返した。ポケットから取り出したハンカチでドアノブを包み、滑らないように力を込めて回す。

――加奈だってそうだ。そんなに一緒にいるのが嫌なら離れればよかったのだ。一人になるのがつらいなら他のグループに入れてもらえばよかったし、もし今さら他のグループに入れないというのなら、父親に頼んで転校するという方法だってあった。なのに加奈は状況を変えるための努力なんて何一つしなかった。ひたすら悲劇のヒロインという自分の立場に酔いながら、自動的に嵐が過ぎ去るのをうずくまって待っていた。

咲は奥歯をかたく食いしばる。私には関係ない。二人とも勝手に死んだだけ――

「咲？」

その瞬間、聞こえた声に咲は小さく跳ね上がった。思わずハンカチを床に落とし、目を見開く。

「もう大丈夫そう？」

頭が一気に真っ白になる。どうして、まさか、何で――固まった腕に視線を落とす。十時二分。

クローゼットが、レールに引っ掛かりながらぎこちなく開く音が響く。咲は表情を作り変える余裕もないまま、首だけを振り向かせた。

真帆がいた。

「びっくりしたね」

「……真帆」

「とりあえず早く出た方がいいよね？」

どうして？　まさか仕掛けが作動しなかった？　濃度が薄すぎた？　咲は真帆を突き飛ばしてクローゼットに駆け寄り、薄闇を覗《のぞ》き込む。視界に飛び込んできたのはクリーニングのカバーがかかった冬用のコートだった。その隣には野暮ったい長さのセーラー服や、下着とTシャツが透けて見える衣装ケースが並んでいる。床に落ちているのは雑巾《ぞうきん》と洗剤だけで、異臭もしない。

「咲？　どうしたの？」

音叉《おんさ》を叩《たた》いたときのような細く長く伸びる高音が耳の奥で反響し、視界が暗転する。自分が目をつぶったのだと気づいたのは、再び開いてからだった。――どういうこと？　噴き出した汗が、つうと背中を伝う。這い上がる怖気《おぞけ》に身体が勝手に震え始める。

とりあえず逃げなければ。咲は両膝《りょうひざ》をついて腕を伸ばし、雑巾と洗剤をつかんだ。真帆に押しつけ、クローゼットを閉めて手を強く引く。

「あ、咲」

「早く出よう」

「え、でもあれ、あのハンカチ」

リビングの半ばまで来たところで真帆の言葉に足を止め、弾《はじ》かれたように振り向く。加奈の部屋の入り口に豹《ひょう》柄のタオル地のハンカチが落ちていた。真帆の腕を離し、加奈の部屋に駆け戻る。

そのとき、玄関から物音がした。金属同士が当たる音が響き、咲は咄嗟《とっさ》に部屋を見渡す。

「隠れて！」

小声で叫び、ハンカチを拾い上げて出窓へ向かう。ベッドに飛び乗り、二枚のカーテンの分かれ目に上体を押し込んだ。カーテンがレールを滑る音が鳴る。膝を出窓にかけ、転がるようにして上りきる。慌てて身体を反転させ、微かに開いたカーテンの上の方をつまんでそっと隙間を埋めた。遅れて、クローゼットが閉じる音が続く。肩を上下させながら、時計を見下ろす。十時四分。

リビングのソファに何かが置かれる音がした。咲は歯の嚙《か》み合う音に気づき、慌てて歯の間に舌を挟み込む。漏れそうになる声を寸前で堪《こら》えた。

その瞬間、一気に視界が明るくなる。

クローゼットが開く音。

真帆の小さな叫び声。

「誰かいるのか」

低い男の声が、部屋に響いた。

3

――十一月十一日九時四十二分　小沢早苗

早苗は、ベタ専門店トラディショナルの前でパンプスの踵を止めた。カッという小さく鋭い音が耳朶《じだ》を打つ。

〈あなただけのベタが、きっと見つかる――！〉というスタイリッシュな文字と、大きくヒレを広げたコバルトブルーのハーフムーンの写真に、腹の奥がくすぐったくなるような期待感がこみ上げてくる。数秒間味わうように立ち尽くしてから、看板の仰々しさに似合わず薄汚れた店内に足を踏み入れた。

「いらっしゃいませー」

店員の間延びした声に、早苗はびくりと肩を揺らす。軽く会釈し、並んだ水槽へ目を向けた。ショーベタ・マスタードグリーン、ピュアレッド・クラウンテール、プラチナブルーマーブル・スーパーデルタ、プラカット・フルメタル、ジャイアントプラカット・ファンシードラゴン、トラディショナルベタ・ブラック、ワイルドベタ・ペルセフォン、ワイルドベタ・アルビマルギナータ。所狭しと並べられた水槽を順番に眺め、早苗はうっとりと目を細める。

どの子だろう。ああ、どの子もかわいい。

「何かお探しですか？」

声がした方向を振り向くと、見たことがない青年がいた。黒い短髪に日に焼けた童顔、身長は早苗とあまり変わらないのに二の腕が異様に太い。

「……いえ、探していません」

早苗が答えると、青年は笑顔を固めた。

「え？」

その顔が怪訝《けげん》そうに曇っていく。どう説明すればいいだろうか、と早苗は思案する。ショルダーバッグを開き、すぐに目についたポストカードを手に取った。夜の竹林を思わせる静謐《せいひつ》さを湛《たた》えた藻の前で、鮮やかな青と黄色のヒレを広げたダブルテール・ベタのポストカードだ。裏にひっくり返すまでもなく記憶が蘇《よみがえ》る。

〈今まで本当にありがとう。

裏表がなく、いつも真っ直ぐな早苗さんには、どれだけ救われてきたかわかりません。

君にお礼をしたいと思ったら、これしか思いつきませんでした。

十一月十一日の十時に、このお店に取りに行ってください。
喜んでもらえるといいんだが〉

署名さえされていないそのメッセージが安藤からのものだとわかったのは、ただ筆跡に見覚えがあったからだった。「か」と「た」という字の形に特徴がある癖字。その、決して読みやすくはないが一生懸命書いたことがわかる字が、早苗は好きだった。

——もううちには来ないでくれ。

安藤にそう言われたのは、リビングで抱き寄せられた日の翌日だった。それまでにも「もう来なくていい」とは何度か言われていたが、許可と禁止はまったく違うものに早苗の心に響いた。

やっぱり怒らせてしまったのだ、と早苗は思った。

安藤に抱き寄せられたとき、不思議なほど驚きも嫌悪もなかった。むしろ、自分はこれを望んでいたのだとすら思った。強い圧迫が心地よく、胸に触れられると身体の芯《しん》が甘く痺《しび》れた。頭の奥がボーッとして、常に周りを注意深く観察している意識が薄れて消えそうな気がした。

だから、安藤が唐突に手を止めたとき、また何かおかしなことをしてしまったのだろうかと不安になった。怒っているのか、悲しんでいるのか、困っているのか、面白がっているのか。けれど安藤は表情を変えず、言葉を発さず、何もヒントをくれなかった。

そういうときの対処法を、早苗は以前から決めていた。とりあえず退散する。場を離れてからやり取りを思い出し、心理の流れを分析する。時間をかけさえすれば少しはヒントが見つかることを、早苗は経験上知っていた。

しかし、家に帰っても答えは見つからなかった。仕方なく本人に訊《き》こうと翌日安藤家を訪れると、与えられたのは拒絶の言葉だった。

怒っているのはなぜなのか、自分は何を間違えてしまったのか、早苗は安藤に問い詰めるようにして訊いた。だが、安藤は答えない。そうじゃない、怒ってないよ、君は悪くない、俺が悪いんだ。安藤はそう言いながらも、早苗のために扉を開けようとはしなかった。新聞の勧誘員に応対するように薄いドアの隙間から、ごめん、しばらく放っておいてほしいんだ。またこっちから連絡するから、と繰り返す。

ベタの世話を、と言い募ると、飼育のための本を買ってきたから大丈夫だよ、わからないことがあれば相談する、もう水槽を一緒にしたりはしないから、と淀《よど》みなく返された。そういうわけにはいきません、安藤さんのお母様にも頼まれています、とかろうじて反論すると、俺から連絡しとくから、と封じ込められた。

そう言われれば、早苗は帰るしかなかった。では今日の分のご飯です、と言ってすき焼きとごはんの入ったタッパーを手渡し、家に戻った。

それからの一週間は味気なく過ぎた。大学に行き、研究と授業を進め、空いた時間に学務をこなし、帰宅する。一人分の食事を淡々と食べ、持って帰ってきた論文を読みながら時間をつぶし、風呂《ふろ》に入って身支度をして寝る。

学生の質問に答える以外はほとんど人と会話していないという日々は、前に戻っただけだった。だが、一度そうではない状態に慣れてしまうと、それが妙に物足りなく感じた。つい習慣で二人分の食事を用意してしまい、全部自分で食べたこともあった。

だから、大学から帰って郵便受けを開けたとき、そこに入っていたポストカードを見て早苗は舞い上がった。拒絶の言葉も、よくわからない謝罪の言葉もない文面が嬉《うれ》しかった。もう怒っていないのだ、と思うと、ため息が出るほど安心した。

十一月十一日、十時、トラディショナル。

早苗は早速ホワイトボードにそう大きく書き込んだ。久しぶりにわくわくする予定だった。

そのときの感情までを思い出しながら、早苗は店員に向き直る。

「小沢早苗といいます。ベタを取り置いていただいていると思います。指定された時間より十六分ほど早いのですが」

「あ、もしかして常連さんですか？」

青年が胸の前で両手を広げ、二歩後ずさった。早苗は、その意味のわからない動きに戸惑う。常連？　一瞬考えてから口を開いた。

「いえ、ここに来るのは七回目です」

「常連さんじゃないですか！」

青年が目を見開いて声を張り上げたので、早苗は微《かす》かに怯《おび》える。だが、青年は意に介した様子もなく、小刻みにうなずいた。

「そっかー、いや、俺先週からバイトで入ったばっかで。へえ、こんな綺麗《きれい》な人が常連さんにいたのかー」

早苗は、これは話しかけられているのだろうか、と怪訝に思う。それともひとり言なのか。判断がつかずにひとまず口をつぐむ。

「オザワさんですね、えーと、ちょっと待ってください」

青年が言いながらレジの裏に回り込み、しゃがんだ。視界から消えた、と思うとニョキッと生えるように再び現れる。

「小沢早苗さんって、この字ですよね？」

青年が言いながら小さな紙切れを掲げた。早苗は首を突き出して覗《のぞ》き込み、固まった。

〈小沢早苗さん。取り置き。ジャイアントプラカット・エメラルドドラゴン〉

「ああ、そうです。ショーベタやトラディショナルに比べるとヒレはコンパクトですけど綺麗ですよー」

「……プラカット」

「また来ます」

「え⁉」

すっとんきょうな声を上げた青年に構わず、早苗は踵《きびす》を返す。そのまま大股《おおまた》で歩いて薄暗い店舗を後にした。

4

——十一月十一日十時四分　安藤　聡

「誰かいるのか」

安藤は言いながらクローゼットの扉を開き、隅にうずくまる少女を見下ろした。

「新海真帆だな」

両手でかばうように頭を抱えた真帆は、ただ首を左右に大きく振り続けるだけで答えようとしない。その姿は母親に叱られるのを恐れていやいやをする子どものように幼く見えた。安藤は無表情で息を吐き、クローゼットの取っ手から手を離す。

部屋を見回すと、ノートパソコンが手前に少しずれているのがわかった。淡いピンク色のカーテンは家を出たときのままのようにも見えるが、よく見れば端が不自然にめくれている。

安藤は一歩一歩、踏みしめるように出窓へと足を進める。カーテンに手をかけ、勢いよく開いた。

厚い布の間から声にならない叫び声が飛び出す。

そこには、細長い手足を抱えるようにして小さく折り畳んだ、青白い顔の少女がいた。ニキビ一つない透明感のある白い肌、くっきりと二重のラインが入ったこぼれそうに大きな目、控えめに通った鼻筋の先にある唇は形よく引き結ばれ、そのすべてがバランスよく詰まった小さな顔の下には、すらりとした体躯《たいく》が続いている。

芸能人みたい、と加奈の日記にあった通りの容姿だ。

「やっぱり、おまえだったのか」

安藤は力なくつぶやいた。ざらついた自分の声が、ひどくくぐもって聞こえる。不思議な高揚があった。地面が急に柔らかくなったように、ふわふわと落ち着かない。

咲は、呆然《ぼうぜん》と目を見開いたまま、微動だにしない。ともすれば現実感から遠ざかっていこうとする意識を、安藤は懸命に食い止めた。

何かがおかしいと初めて思ったのは、加奈の呼び名の違いに気づいたときだった。

——加奈は遺書を残さなかったんでしょう?

家に来た少女は、一度、たしかにそう言った。

普段は下の名前で呼んでいなくても、父親を前にして呼び変えるという心理はありうる。だが、彼女は初めから加奈のことを安藤さんと呼び続けていた。加奈、と口にしたのは咄嗟《とっさ》の一度だけ。加奈ちゃん、ではなく、加奈。

それが、何を意味するか。

確信ではなかった。勘違いかもしれない、という思いも残っていた。けれど、一度浮かんだ疑念は容易には振り払えなかった。

——加奈への手紙の中で、加奈のことを加奈と呼んでいたのは——

安藤は加奈宛の手紙を読み返していった。まず木場咲と新海真帆の手紙を、それから笹川七緒のものを。

〈私は、安藤さんは自殺したのではないと信じています。運命を試すようなつもりでベランダに立ち、誤って落ちてしまったのではないでしょうか。試すという行為は罪深いものですが、それは安藤さんが天国へ行けないという理由にはならないと思います。

「神は、その独り子をお与えになったほどに、世を愛された。独り子を信じる者が一人も滅びないで、永遠の命を得るためである」（ヨハネによる福音書三章十六節）

笹川七緒〉

改めて見てみれば、加奈の死を自分の宗教観から分析する距離感は、とてもわざわざ自宅まで線香を上げに来た人間のものとは思えなかった。

安藤は、家に来た少女と交わしたやり取りを慎重に思い出していった。線香を上げたいと言った。終始顔を伏せていた。遺書や日記がなかったかを訊いてきた。否定すると帰ろうとした。あるかもしれないと言い直すと留まった——

安藤は転がるようにリビングを飛び出し、加奈の部屋へ入った。電気もつけずに机の引き出しに駆け寄り、加奈がまとめていたアルバムを引っ張り出す。

計十冊のアルバムを胸の前に抱えてリビングに戻り、ダイニングテーブルに広げて一枚一枚に目を凝らした。数日前に見たばかりの顔を、数百枚の写真の中に探す。けれど、あの顔はどこにも見つからなかった。そもそも、高校時代の写真がほとんどない。安藤が買ったはずの入学式の記念アルバムも消えていた。

どうしてだ。どうしてこんなにも写真が少ないんだ。どうして、今まで気づかなかった――

安藤は加奈への手紙をめくり直し、名簿を引き寄せた。一番真っ直ぐな思いで読めた手紙を手に取り、渡邉美佳という名前を名簿の中に見つける。記載されている家の電話番号にかけると彼女の母親らしい女性が出た。

美佳の母親は突然の電話に動揺したようだったが、安藤が娘の写真が一枚でも多く欲しいのだと言い募ると快く入学式の記念アルバムを貸してくれた。

アルバムを見てしまえば、家を訪れた少女の正体は一目瞭然《りょうぜん》だった。自身が加奈の死の原因を作っておきながら、白々しく別人の名を騙《かた》って線香を上げてみせた木場咲。

彼女は加奈の残した日記の全文に目を通してもなお反省することなく嘘を重ねた。

だからこそ安藤は、騙《だま》されている振りをしたまま咲に偽りの計画を話すことにしたのだった。

「おまえは……こいつも切り捨てることにしたんだな」

安藤は、低く言いながら真帆に目を向けた。真帆は視線をおろおろとさまよわせてから、すがるように咲を見つめる。

「どうしてそこまでできるんだ」

咲はうつむいたまま答えない。

「……どういうこと？」

真帆が、か細い声を上げた。

「ねえ、咲、この人、何言ってるの？」

涙で崩れた顔を咲に向け、ずるりとクローゼットから這《は》い出てくる。口を開こうとするそぶりすら見せない咲の代わりに、安藤が答えた。

「俺は、加奈をいじめていたやつらを殺すために、致死性のあるガスが発生する罠《わな》を作った……いや、作るという話をこいつにしたんだ。実際には何の仕掛けもしていないが、こいつはクローゼットに数分入っていただけでも死ぬと思っていたはずだ」

真帆の目が限界まで見開かれる。クローゼットと咲を交互に見比べ、そんな、と口の動きだけで言った。

こいつは何も知らされていなかったのだろう、と安藤は改めて思う。木場咲は、計画を利用する方法を思いついた。加奈がいじめられていたという事実を知る父親と、何をしたかまでを詳細に知っている新海真帆、そして加奈が残した日記。自分の罪を暴きかねない三つを一度に消せる方法を。

「言っただろう？　俺は試したかったんだ。反省していれば、時間通りに来るはずだし、忍び込むこともないし、メモを処分しようともしない。途中で考えを変えれば引き返せる選択肢を作りたかった。それでも反省できないか――」

安藤はそこで一度言葉を止めて、咲を正面から見つめる。

「すべての証拠を消すのに都合がいい計画を聞いても、踏みとどまることができるか」

咲は宙を見つめたまま動かない。うつろな目を床に落としている咲に真帆が一歩歩み寄り、そこで足を止めた。安藤はふいにこみ上げてきた鼻の奥の痛みを、息を吸い込んでやり過ごす。

「おまえは、加奈の日記を読んだはずだ。加奈がどんな思いをしていたか、全部横で見ていたじゃないか。安藤さん、つらかっただろうな――おまえがそう言ったんだ」

声が徐々に震え、最後は言葉にならなくなる。堪《こら》えきれず、左目から涙がこぼれ落ちた。熱い感触が頬を滑る。

「なのにどうして――それで反省することができない」

咲は、感情をすべて封じ込めたような無表情を崩そうとしない。

安藤は唐突に気づいた。いくら言葉を重ねても、目の前の人間に届くことはないのだということに。言葉は重ねれば重ねるほど一つひとつが薄くなっていって、一向に厚みを増さない。

それでも安藤は、振り絞るように続ける。

「……どうして、加奈だったんだ。加奈が何をした？　加奈は、咲ちゃんはかわいい、歌もうまくてスタイルもよくて芸能人みたい――」

咲の小さな頭がぴくりと動いた。

「咲ちゃんなら絶対芸能人になれるって」

「やめて」

そこで初めて、咲が口を開いた。安藤は驚き、微《かす》かに目をみはる。

「そんな話関係ない」

咲は吐き捨てる口調で言った。ようやく返ってきた反応に、安藤は身を乗り出す。

「どうしてだ、関係なくなんかないだろう。加奈には将来の夢の話までしたんだろう？　そこまで仲が良かったのに」

「やめて！」

咲は叫ぶような声を上げ、どこか怯《おび》えたような目を真帆に向けた。つられて安藤も真帆に視線をやる。真帆は呆《ほう》けた表情で咲を見返していた。

「違う」

安藤は咲に視線を戻す。咲の耳たぶが赤い。

「加奈の日記に書いてあったじゃないか。君も見ただろう？」

「そんなこと言ってない！」

咲が勢いよく首を振る。

「何それ」

真帆が小さな声を震わせた。咲が弾《はじ》かれたように顔を上げる。宙を見つめる真帆の両目がにじむように曇った。

「……あたし、そんな話聞いてない」

「言ってないって言ってるでしょう!? 芸能人になりたいなんて、そんなこと私が本気で考えるわけないじゃない。もしそうなら今頃とっくに、」

まくし立てるように言いかけて、慌てて口をつぐむ。もう真帆の方を見ようともせず、顔を下に背けた。

「日記はマスコミに持ち込む」

安藤はパソコンの前に立ちはだかって言った。咲が、顔を強張《こわば》らせる。

「そんな……」

「反省しているなら、日記は消そうと思っていた。でも、おまえは少しも反省していない」

言いながら咲の腕をつかみ、強く引く。咲の口から、声にならない悲鳴が漏れた。

そのまま引きずるようにしてリビングへ足を踏み入れる。薄暗い視界が妙にぐらぐらと揺れた。ドキュメンタリー映画の画面を見ているかのように現実感がひどく薄い。

安藤は腰を屈《かが》め、空いている右手で灰皿をつかんだ。吸殻が山盛りになった手のひらサイズのガラスを無造作に持ち上げると、傾いた口からバラバラと灰と吸殻がこぼれ落ちる。

どうすれば、加奈の無念を晴らせるのか。

どうすれば、こいつらは反省するのか。

加奈がいじめられていたと知ったときから、繰り返し問い続けてきた。加奈が戻ってくるわけではなくても、それでも、彼女たちが反省することで二度とこんなことはしない人間になるとすれば、少なくとも加奈の死はまったくの無駄ではなかったことになる──そこにすがりつきたかった。

──だが、反省とは何だろう？

安藤は顔を上げて咲を見る。咲はフローリングの上に降り積もっていく灰を目で追っている。腕をつかんだ手に力を込めると、咲の整った顔がつぶれるように歪《ゆが》む。反射的に腕を引き抜こうとしたようだったが、安藤がそれを許さなかった。咲は腕を残したまま身体だけ後ずさる。

「待って、……待ってください。反省、するから」

安藤は灰皿を勢いよく振り上げ、テレビに向かって躊躇《ためら》いなく叩《たた》きつけた。激しい破壊音と共に灰が宙を舞い、ガラスの破片が飛び跳ねる。咲は咄嗟《とっさ》に身体を縮めただけで声は出さず、代わりにいつの間にか追ってきていたらしい真帆の短い叫び声が響いた。

安藤は、床に膝《ひざ》をついて細かく震え出した咲に無表情を向ける。

咲は決して真帆の方を見ようとはしない。だが、それは存在を忘れているからではなく、自分の無様な姿を見られていると認めたくないからなのだと安藤にはわかった。咲は全身で観客の目を気にし、自分の見せたい姿との乖離《かいり》に苛立《いらだ》っている。初めて歳相応な怯えを見せた少女を目の当たりにしても、喜びも安堵《あんど》も哀れみも後悔も苛立ちもなかった。ただ、強い虚脱感が襲ってくる。

この子は今、何に怯えているのだろう。

日記をマスコミに持ち込まれることか、直接的な暴力か――だが、どちらにせよそれは単なる恐怖でしかない。嫌なことを回避するための合理的な反応に過ぎず、本当に反省しているわけではないのだ――だが、反省とは何だろう？　再び、同じ疑問が頭をもたげる。

自分の犯した罪を自覚する？

後悔する？

加奈に申し訳ないと思う？

二度と同じことはしないと心に誓う？

そうなれば自分は満足するのだろうか。そのために、こうやって彼女を追い詰めようとしているのだろうか。──否、という答えが浮かんだ。

「反省に、何の意味があるんだ」

たとえ彼女たちが心から反省したとしても、加奈が戻ってくることはない。

両手で咲の腕をつかみ直し、ベランダに引きずり込む。咲の膝が框《かまち》に当たる鈍い音がした。肘《ひじ》から倒れ込むようにしてベランダのコンクリートに転がる。音の大きさからして、おそらくひどい痣《あざ》になるだろう。安藤は頭の片隅で考えながら手を離し、すぐに脇の下に持ち替えて咲の身体を引き上げた。

「どうしておまえはまだ生きているんだ」

咲の後頭部をわしづかんでベランダの外に押し出す。咲の喉《のど》から、かすれた悲鳴が漏れる。ほつれた髪から外れたバレッタが宙に放り出され、遠く離れた地面へ向かって落下していく。吸い込まれるように真っ直ぐに地面に激突し、音を立てて飛び散った。咲が両手でベランダの手すりにしがみつく。アールデコ調の華奢《きゃしゃ》な金属が軋《きし》む音が響く。咲が苦しそうに顔を歪め、額に汗を滲《にじ》ませた。

「や、めて……どうしてこんな」

「加奈だって何度も言ったはずだ。それでおまえたちはやめたのか？　やめなかっただろう？——おまえたちは、加奈を死ぬまで追い詰めた」

安藤は腕に力を込めて抗《あらが》う咲の頭を押さえつける。咲は食いしばった歯の間から声を漏らした。

「でも……私が突き落としたわけじゃない」

安藤は動きを止めた。焦点がぶれていくのを他人事《ひとごと》のように感じる。咲が弾けるように手すりから飛び退いたことで、自分の腕から力が抜けたことに気づいた。咲は窓ガラスに背中を強く打ちつけ、荒い息を吐きながら乱れた服と髪を忙《せわ》しなく整える。手のひらからこぼれていく砂を懸命に掻《か》き集めようとするかのようなその必死さを、安藤は虚《うつ》ろな目で眺めた。

こいつは、加奈を苦しめた。だが、加奈をベランダの手すりに引っ張り上げたわけでもなければ、加奈の背中を押したわけでもない。

——だから、こいつが裁かれることは、これから先もない。

安藤は軋む首をゆっくりと反らし、空を見上げる。吸い込まれそうな感覚にすくむ足を動かし、手すりへと一歩進む。

こいつにふさわしい罰は何だろう。こいつが犯した罪に与えられるべき罰は何か。ずっと、そう考えてきた。

安藤は気だるい腕を動かしてポケットから携帯と名刺を取り出す。〈週刊ライト編集部〉という文字の下に並んだ数字を打ち込み始めると、小さく息を呑《の》む音が斜め後ろから聞こえた。安藤は最後の数字まで打ってから咲を振り向く。咲の視線は安藤の手元に釘《くぎ》づけになっていた。

「……それ」

「高校生の自殺について調べているらしい。一度は断ったが、やっぱり取材を受けることにするよ」

咲が充血した両目を見開き、唇をわななかせる。安藤は咲に見えるように発信ボタンを押し、携帯を耳に当てて背を向けた。発信音が鳴り始める。間延びして聞こえる電子音に耳をすませ、通話がつながった気配に口を開く。声を出そうとしたその瞬間、背中に強い衝撃を感じた。

腹部から手すりにぶつかって呼吸が止まる。そのまま声を出すことすらできずに上体が手すりを軸に倒れていく。景色が大きくぶれ、腕が宙を掻いた。足が浮き、重心が手すりをあっさりと乗り越える。

——落ちる。

思った途端、顔に突風を感じて、全身の毛穴が一気に開いた。心臓に突き抜けるような痛みが走る。

てくる。

艶《つや》やかな紺色のボンネットが遠くに見えた。微《かす》かに、玄関からチャイムの音が響い

──早苗さん。

脳裏に浮かんだ姿に息が詰まった。怒っているようにしか見えない無表情、好きな話題を口にするときの饒舌《じょうぜつ》すぎる口調、加奈が死んだ日、タクシーの運転席を殴りつけた白い拳《こぶし》──

今、ここに彼女が来るわけがない、と自分に言い聞かせる。彼女はベタ専門店にいるはずで、受け取りを済ませた後すぐにここに直行したとしてもこの時間に間に合うわけがないのだと。

それをこそ望んでいたはずだった。もう彼女を巻き込みたくないと──なのに、なぜだろう。最後にもう一度だけ、彼女の姿を見たかったと思ってしまう。

不器用で、ひどく生きにくい、でもいつも一生懸命な子。

安藤は祈るように考える。

──あの鮮やかで、強く美しい魚は、せめて彼女を癒してくれるだろうか。

スローモーションのようにゆっくりと動く景色の中で、安藤は首をよじってベランダを見上げる。

咲は、伸ばした腕をそのままの体勢から動かさず目を見開いている。その愕然《がくぜん》とし

た表情の後ろに、両手で口元を覆っている新海真帆が見えた。

――たとえば君は線路の上の橋にいて隣にはBさんがいるとしよう。Bさんはすごく太っていて、Bさんを線路上に突き落とせばトロッコが止まって五人が助かる。君は痩《や》せているからトロッコを止める力がない。Bさんは状況に気づいていないから自分では行動しないけど、君を警戒してもいないので失敗する恐れもない。では、君がBさんを橋の下へ突き落とすことは許されるだろうか。

――それは、さすがにやり過ぎなんじゃないですか。

常に自らの手は汚さず、責任を逃れられる方法しか選ばなかった木場咲。

咲が唇を開く動きが、柵から身を乗り出す動きが、一つ一つ脳裏に焼きついていく。マニキュアなどはついていないようなのに艶やかに輝いている爪までが、まるで眼前に突きつけられているかのようにくっきりと見えた。

個性なく並んだベランダの奥には、突き抜けるような空が広がっている。散り散りに浮かぶ小さな雲と、薄水色の空をでたらめに区切っていく無数の電線――それは、毎日安藤が見上げてきた景色とほとんど同じ構図だった。仕事帰り、駐車場から出てきて見上げる我が家――今日は加奈にとってどんな一日だったのだろう、そう何気なく思いを馳《は》せる一瞬が蘇《よみがえ》る。

夕飯の食材が詰まったビニール袋を持ち直し、エントランスへ向かうために視線を前に戻す。仕事で疲れているときも多かったし、未解決の案件を抱えているときには ため息も漏れた。だが、立ち止まってベランダを見上げる瞬間だけは少なくとも苛立ちや憂鬱《ゆううつ》を忘れていた。

様々な加奈の顔が浮かぶ。高校受験の合格発表日、携帯で撮った掲示の写真を見せてきた誇らしそうな笑顔、お気に入りのウサギのぬいぐるみを抱きしめ、口を半開きにしたあどけない寝顔、初めて一人で自転車に乗れたとき、目を見開いて驚きと喜びを伝えてきた表情——ベタの水槽を見続ける虚ろな横顔が浮かんだところで回想が掻き消え、先程よりも遠ざかったベランダの手すりが視界に戻った。けれど不思議なほど恐怖はない。身体が手すりから離れた瞬間の強い圧迫感は、もう感じられなかった。代わりに生温かい液体に包み込まれるような静かな安堵《あんど》が身体を満たしていく。

——加奈。

安藤は心の中で呼びかける。

ごめんな、お父さん大ざっぱで。でも、これしか思いつかなかったんだ。

加奈のことを一生忘れられなくさせる方法。

彼女たちに、そして——自分にふさわしい罰。

安藤は、静かに流れていく景色を眺めながら、そっと頰を緩めた。

これで、木場咲はもう逃げられない。
今度こそ、彼女自身が手を下したのだから。

エピローグ

手桶《ておけ》に張った水に雑巾《ぞうきん》を浸し、手首をねじって固く絞る。勢いをつけて広げると弾《はじ》けた水滴が頬に飛んだ。

早苗は冷えて強張《こわば》った指先で水滴を拭《ぬぐ》い、背筋を伸ばして立ち上がる。白い息が漏れた。

墓石に向き直り、二つ折りにした雑巾で端から順番に拭《ふ》いていく。安藤家之墓、という文字の上で少しだけ手が止まったもののすぐに一通り拭き終わった。墓石の周囲を見渡すが、特に雑草は見当たらない。枯れた仏花を引き抜いてビニール袋へ入れ、ショルダーバッグから線香の束を取り出した。

まだ火をつけてもいないのに、濃い煙の匂いを感じた気がして、早苗は動きを止める。

一年二ヵ月前のあの日、早苗が安藤家に向かったのは、安藤の思惑に気づいたからではなかった。嫌な予感がしたわけでもない。

ただ、この子じゃない、と言いに行っただけだった。

プラカットは原種のように誤解されがちですが、ワイルドベタではありません。品種改良している子は飼わないことにしています。

そう説明をして、それから安藤をお店に連れ出そうと思っていた。

チャイムを鳴らして、反応がないから鍵《かぎ》を開け、けれど室内には安藤の姿はなく、何だ出かけているのか、と残念に思った。意気込んでいただけに拍子抜けした気分になりながらも家を後にし、車に乗り、駐車場から出たところで少しだけ待ってみようかと思いついた。

コンビニに買い物に行っただけかもしれない。だったらすぐに帰ってくるかもしれない。

そう思って車を降り、通りに首だけを出して覗《のぞ》き込んだとき、頭上から微かな物音が聞こえた。続いて、強調されて響く感情的な印象の促音が鼓膜を掻《か》く。人の声だ、というのはわかったが、話の内容までは聞き取れない。
一、二、三、四、五。下から数え上げて細めた目をベランダへ向けるが、手すりが邪魔になって姿がよく見えない。

早苗は足早にエントランスに向かった。

勘違いだろうか、と首を傾げながらエレベータに乗り込む。すうっと内臓が浮く感触がして、表示板で五という数字が点滅した。扉が開くや否や足を踏み出し、左に曲がる。

見慣れたドアの前に立ち止まってチャイムに指を伸ばした。ピンポーンという間延びした音が響いた直後、後頭部を思いきり叩《たた》かれたような衝撃音がした――

早苗は小さく息を吐いて墓石から一歩下がる。黒いパンプスの下で玉砂利が鳴る音が響いた。線香の束を左手に持ち替えて振り返る。

「安藤さん」

呼びかけながら線香を差し出すと、安藤は黙礼だけで答えて受け取った。その立ち姿のどこにも怪我の痕跡《こんせき》は見当たらない。一年二カ月前に死にかけたということなど言わなければ誰も気づかないだろう。

早苗は安藤の身体から包帯やギプスが外されていくたびに感慨深い思いを抱いてきたが、安藤自身がそのことをどう捉《とら》えているのかは知らなかった。安藤は自分の思いについてほとんど何も語らなかったからだ。

安藤が一命を取り留めたのを、医師は運がよかったという一言で片づけた。

──そもそも五階なら打ち所によっては助かることもありますからね。車の高さが約一階分とすると、ほぼ四階だ。ボンネットがクッションの役割も果たしたんでしょう。本当に運がよかったですよ。

だが、安藤の娘が落ちたのは、初めから四階だった。しかも下には、やはりクッションの役割を果たす茂みがあった。なのに加奈は死に、安藤は助かった。

たまたま車をそこに停めていたこと、たまたまそれが車高のあるタイプだったこと、たまたま腕から綺麗《きれい》に落ちたこと。そこにどんな違いがあったのか、違いなどなく単なる巡り合わせの問題だったのか──それは、早苗にはわからない。

そもそも早苗には、一体何がどうなって安藤が娘の同級生に突き落とされるような事態に陥ったのかもわからなかった。

加奈が死んで以来、安藤のそばに一番長い時間いたのは早苗だった。だからこそ誰もが早苗に事情を訊《き》こうとしたし、早苗が何も知らないことを主張してからもなお心理学者としての見解を求めてきた。

あなたから見て安藤聡さんはどんな人でしたか？

加害者の少女たちに会ったことはありますか？

安藤さんはどうして加害者の少女たちを家に呼んだりしたのでしょう？

早苗には、何も答えられなかった。安藤に限らず、人についてどんな人間かなどということは答えられる気がしなかったし、加害者の少女たちに会ったことがあるかどうかも何も、彼女たちの存在すら知らなかったのだ。安藤が何を考えて何をしたのかなどわかるはずもなかった。

自分はどこまでも部外者にすぎないのだと、早苗は感じていた。だからこそテレビや週刊誌からいくらコメントを求められようとも答えなかった。

安藤の事件が注目されたのは、女子高生が同級生の父親をベランダから突き落としたという扇情性と、加害者の一人が美少女だったという話題性からのようだった。また、木場咲の供述によるものなのか新海真帆の弁明によるものなのか出所は定かではないが、動機や背景についても一部の週刊誌が取り上げるとしばらくの間人口に上った。けれどすぐに別のニュースに取って代わられていった。

木場咲は少年院に送致されたそうだが、その後の話はほとんど報道されていない。新海真帆は、起訴にこそならなかったものの、心神耗弱状態でカウンセリングを受けているという。

早苗が知ることができたのはそれ以上でもそれ以下でもなく、結局のところなぜ木場咲という少女がそんな行動を取ったのかは理解できずじまいだった。突き落としたりすれば確実に罪に問われることはわかっていたはずだ。いじめの事実を隠蔽《いんぺい》しようとして、なぜ新たな罪を重ねてしまうのか。

早苗が思い出したのは、振り込め詐欺の被害が絶えないというニュースだった。

これだけ詐欺の存在を報道しており、銀行や郵便局でも注意を喚起し続けているのに、なぜいまだに詐欺被害がなくならないのかという番組で、顔にモザイクをかけた被害者が、涙ながらに当時の気持ちを語るVTRが流れた。

――振り込め詐欺かもしれないとは思いました。でも、もし本当だったらすぐに振り込んでやらないと息子が大変なことになると思うと、苦しくて怖くて、どうしたらいいかわからなくなりました。最後は、詐欺であっても構わないという思いを抱いていたような気がします。

詐欺であっても構わない、というのが興味深く印象に残った。騙《だま》されていたとしてもいいという考えは早苗にはまったく理解できなかったが、授業で学生にアンケートを取ってみると、わかる気がすると答えた人間は少なくなかった。ただ悩むのが嫌になってしまうんだと思います。後悔するのが嫌で、とにかく一番嫌なことを避けようとしてしまうんですよ。それで結果的に騙されたのと同じ行動を取ってしまうんじゃないですか。お金を払えばせめて「最悪」からは逃れられるから。

木場咲もそうした心理状態にあったのだろうか。安藤を止めなければ、罰を受けることになってしまう。けれど無理に止めようとすれば、今度こそ逃れられない罪を重ねることになってしまう。どちらを選んでも罰が待ち受けている状況で、彼女は何を考えたのか。

『どうしてこんなひどいことができるんでしょうね』

『ネット世代の心の闇についてどう思われますか』

『加害者はかなりの美少女で芸能界を目指していたそうですね。今回の事件の動機もその辺りにあると見られているそうですが、実際のところはどうなのでしょう』

自分が出演を断った番組で、議論というより各々の感想をぶつけ合うコメンテーターたちの言葉は、早苗にはまったくピンと来なかった。

安藤がしゃがみ込んでしばらく経つと、やがて線香の煙が漂い始める。早苗は安藤の斜め後ろで手を合わせた。

加奈さん、こんにちは。

そう内心で語りかけ、少し考えてから、今日は寒いですね、とつけ足す。そこで顔を上げて目を開けるが、安藤はまだ手を合わせたまま動かなかった。

安藤に続いて帰路につくと、早苗は慣れた流れでコーヒーの支度を始めた。

やかんをコンロの火にかけて食器棚からカップとソーサーを取り出す。会話は特になかった。今日に限ったことではない。この一年二ヵ月の間、ほとんど言葉は交わしていないのだ。たまに早苗が職場の状況について話すことはあったが、安藤は静かにうなずくだけで言葉を挟まなかった。

だが、早苗は安藤との間にある沈黙は苦痛ではなかったし、むしろ安藤のそばにいる時間は落ち着いた。安藤から来るなと言われることもないので来続けている。

「どうぞ」

早苗は短く言って安藤の前にコーヒーを差し出した。規定より一・三倍濃く淹《い》れたインスタントコーヒーに砂糖を小さじで一杯、温めた牛乳を六十cc加えたものだ。

「ありがとう」

安藤は音を立てずにカップを持ち上げ、目を伏せたまま口をつける。早苗はキッチンへと踵《きびす》を返して自分の分のブラックコーヒーを取ってくると、安藤の斜め前の席に座った。

ダイニングテーブルの上には、たった今郵便受けから持ってきたばかりの郵便物が積み重なっている。早苗はちらりと横目を滑らせ、〈新海真帆〉という名前に視線を止めた。

「また送ってきたんですね」

安藤の指先が小さく跳ねる。早苗は首を傾げた。

「どうして何度も送ってくるんでしょう」

安藤に尋ねたわけではなく、単純な疑問を口にしただけだった。新海真帆から手紙が来るのはこれで十九回目なはずだ。だが、安藤はいつも開封すらせずに送り返していた。どうして捨てるわけではなくわざわざ切手を貼り直し、宛名《あてな》を書いてまで送り返すのか。それがどういった思いからの行動なのかが早苗にはわからない。そして、読まれることすらなく送り返されているというのに、それでも懲りずに手紙を送り続けてくる新海真帆の思いも。

早苗は安藤の答えを待たずにコーヒーを飲み始める。

しばらくの間、安藤が郵便物を確認する微《かす》かな音だけが響いた。ハサミを使って封を切る音と畳まれた紙を開く音が時々早苗の耳に入る。早苗は現在執筆中の論文の展開を考えており、ノートに万年筆を滑らせていた。

早苗が安藤の異変に気づいたのはコーヒーを飲み終えたタイミングだった。もう一杯淹れようかそれとも今日はもう帰ろうかと考えて安藤に顔を向けたところ、安藤がまだ便箋《びんせん》を見下ろしていたのだ。

ぎょっとして時計を確認すると、郵便物を確認し始めてから一時間近く経っている。

安藤は呆《ほう》けたように宙を見つめて固まっていた。

早苗は慌てて腰を上げる。

「大丈夫ですか」

安藤は顔を上げたものの答えなかった。

「どうしたんですか」

早苗は問いかけながら安藤の手元を見下ろす。ダイニングテーブルに置かれていた開封済みの封筒には〈新海真帆〉という名前が見えた。早苗は小さく息を呑《の》む。

「読んだんですか？」

安藤はぎこちなく首を動かして再び便箋を見下ろす。十秒待ったものの安藤が口を開こうとしないので、早苗は安藤の後ろに回って手紙を覗《のぞ》き込んだ。安藤は便箋を手渡してくるわけではないが伏せるわけでもない。

安藤が開いていたのは最後の一枚のようで、話が途中からなので何のことだかわからなかった。ただ、ごめんなさい、という文字が何度か出てくることからしてどうやら謝罪する手紙らしいということだけが伝わってくる。

安藤は、許しを請う文面を読んでどう思っているのだろう。不快に思っているのか、あるいは少しは心を動かされているのか。早苗は考えながら時間をかけて一字一字を読み進めていく。半ば辺りまで進んだところでふいに安藤が小さくつぶやいた。

「……自殺じゃなかったんだな」

早苗は手紙から視線を外して安藤を見る。だが、安藤はそれ以上は続けず、表情やしぐさのような感情を読み取るヒントも示さなかった。だから早苗には、安藤が何を考えているのかわからない。こういうとき、自分のような人間でなければ何か気が利いたことが言えるのだろうか。

もう一度手紙の続きを目で追うと、〈ちょっとした罰ゲームのつもりで〉というフレーズが目についた。続きを読み進めていくことで、ようやく理解が追いついてくる。

――加奈さんは、自分から死を願ったわけではなかった。

早苗は目を見開いた。

安藤の娘の苦しみにリアルタイムで気づけた人はほとんどおらず、死後も彼女は自殺したと誤解されたままだった。そして、それは新海真帆が手紙に書いて送ってこなければ一生解けなかったかもしれない。

その事実が、ゆっくりと認識に染み込んでいく。

――わからないのは、私だけじゃないのかもしれない。

ずっと、自分だけがみんなが使うテレパシーを読み取れないのだと思っていた。空気、ニュアンス、文脈――そうした単語で言い表される、自分にはまったくわからないものが他の人たちにはくっきりと見えているのだと。

だが、そうではなかったのだろうか。

安藤が唐突に立ち上がった。ハッとして顔を上げると、安藤は忙《せわ》しない動きで封筒と便箋を鷲掴《わしづか》み、屑《くず》入れへと捨てる。早苗は目をしばたたかせ、安藤を見上げた。

「もう送り返さないんですか」

気になったことをそのまま言葉にしただけだった。けれど次の瞬間、安藤の力ない無表情が歪《ゆが》み始める。あ、と思ったときには遅かった。安藤が右手で顔を覆い、声を微かに震わせる。

「これで、この子は加奈を忘れてしまうんだろうか」

早苗は首を傾げた。手紙を送り返さないことと、新海真帆が安藤の娘を忘れることにどんな因果関係があるのかがわからない。だが、どうやら安藤は娘が忘れられることが嫌なのらしいということはわかった。早苗は口を開く。

「私は忘れません」

安藤がハッと顔を上げた。その双眸《そうぼう》に自分が映るのを早苗は見る。自分がたった今口にした言葉を反芻《はんすう》した。私は忘れません——実際、早苗は加奈と交わした会話を一つも忘れていない。これからも忘れないだろうと思う。それは、加奈だからではない。早苗はあらゆることを上手《うま》く忘れることができないのだ。失敗して責められた記憶も、母親や先生や知人が目を吊《つ》り上げた顔も、五歳の頃に暗記した乗り物図鑑のページ配置も、何一つ早苗は忘れていない。

安藤が、細く長く息を吐き出す。

「君が言うのなら、そうなんだろうな」
その顔に笑みらしきものが浮かぶのを、早苗はじっと見つめていた。

完

参考文献

『ソロモンの指環　動物行動学入門』コンラート・ローレンツ　日高敏隆訳　早川書房
『ベタ・スプレンデンス』東山泰之、森文俊著　ピーシーズ
『大人のアスペルガー症候群』佐々木正美、梅永雄二監修　講談社
『発達障害をもっと知る本「生きにくさ」から「その人らしさ」に』宮尾益知　教育出版
『手にとるように発達心理学がわかる本』小野寺敦子　かんき出版
『最後だとわかっていたなら』ノーマ・コーネット・マレック　佐川睦訳　サンクチュアリ出版
『聖書　新共同訳』共同訳聖書実行委員会、日本聖書協会編著　日本聖書協会
『脳のなかの幽霊』V・S・ラマチャンドラン、サンドラ・ブレイクスリー　山下篤子訳　角川書店
『火星の人類学者　脳神経科医と7人の奇妙な患者』オリヴァー・サックス　吉田利子訳　早川書房

『けんびきょうでわかった！　いきもののスゴイ能力』戒能洋一著・監修、阿達直樹写真　G.B.
『脳のなかの倫理　脳倫理学序説』マイケル・S・ガザニガ　梶山あゆみ訳　紀伊國屋書店

解説

西上心太《にしがみしんた》

親にとって最悪の事態は、自分の子どもに先立たれることだろう。そのことは誰もが想像がつく。しかしひとたび自分が親になった時、子を持たなかったころに想定した思いなど、全くの他人事《ひとごと》に過ぎなかったことを実感する。出産、育児、学校、就職……。子が育っていく過程で、親はわが子の成長に目を細める。そのおりおりに、悪い病気に罹《かか》らないように、事故に遭わないように、事件の巻き添えにならないようにと、さまざまな心配事を思い浮かべつつ、わが子の無事を祈るに違いない。

だが掌中の珠《たま》のように慈しんで育てた娘が、不慮の死を遂げたとしたら、そしてその死に他人の悪意が介在していたとしたら、はたして親はどのような思いにかられ、どんな行動を取るのだろうか。

二〇一二年の第三回野性時代フロンティア文学賞受賞作である本書は、そんな父親の絶望と悲しみ、そして怒りに転じていく心理と、彼女を死に追いやった者たちの内面を克明に描いた作品である。

大学講師の安藤聡《あんどうさとし》は、講義終了後に携帯電話に異様な数の着信があったことに気づく。それは娘の加奈《かな》の異変を知らせようとした義母からの連絡だった。高校一年生の加奈が、校舎の四階から転落したというのだ。安藤は同僚の教授小沢早苗《おざわさなえ》と病院に駆けつけたが、加奈はすでに物言わぬ身となっていた。

加奈は妻の真理子《まりこ》が、命を縮める覚悟で産んだ子どもだった。それというのも、加奈の妊娠をきっかけとして、真理子に子宮がんが発見されていたからだ。真理子は胎児に影響を与える抗がん剤治療や早期の手術を拒否する。真理子は自分の健康より、子どもの命を優先したのだった。

出産は幸いにも無事に終わり、真理子は子宮を摘出する手術を受ける。だが妊娠期間の間に進行していたため、五年後に転移したがんが再発する。それから三年にわたる闘病生活を経て、真理子は加奈が八歳の時に死亡する。それ以来、安藤は大学講師の仕事を続けながら、男手一つで加奈を育て上げてきたのだった。

家にも現場である教室にも遺書は残されておらず、加奈の死は事故死とも自殺とも結論づけることができないまま、時が過ぎていく。早苗の手助けもあり、徐々に復調した安藤は、加奈の死の真相を知ろうとする。安藤は加奈のパソコンにかけられたパスワードの解読に成功する。そしてパソコンに書かれた日記を読んだ安藤は、新たな衝撃を受ける。加奈は仲良しと思われていた二人のクラスメイトから、陰湿ないじめを受けていたのだった。

　最愛の妻を失いながら、加奈がいたからこそ踏ん張れたのだと安藤は痛感する。加奈の葬儀の最中は朦朧《もうろう》として過ごし、安藤には断片的な記憶しか残っていない。加奈のいない毎日。安藤は加奈と過ごした楽しい日々を思い起こしては今の状況を嘆き、正気を手放せないでいる自分を怨《うら》むのだった。

　だがこの物語を、一本道で安易に進めていかないところに、芦沢央《あしざわよう》の工夫が光る。すなわち、安藤の視点によるパートに加え、木場咲《きばさき》と新海真帆《しんかいまほ》という加奈のクラスメイトの二人、さらに安藤の同僚である小沢早苗という計四人の視点によるパートが交互に配されているからだ。

　木場咲は誰もが振り返るような美少女で、芸能界に入ることを目標にしている。だが普通がいいという母親の意向に、如何《いかん》ともしがたい思いを抱いている。咲の日常は、ドラマの中のヒロインのように、常に自分をカメラが追っていることを想像して行動している。大人の目から見れば滑稽《こっけい》だが、自意識過剰で、周囲のすべてを見下している傲慢《ごうまん》な少女なのである。だが彼女は、アイドルたちが見せる表向きの顔のように、傲岸不遜《ごうがんふそん》な内面を表に出さない小利口さに長《た》けているのだ。

　一方の新海真帆は、容姿やファッションセンスにコンプレックスを抱いて、これまで生きてきた。中学生時代には漫画研究会に所属しており、自分のオタク気質《かたぎ》や野暮ったい服装や髪型を自覚しながら、そこから抜け出すことを諦《あきら》めていた。だが高校に入り、同じクラスになった咲のアドバイスにより、「普通にかわいい」見てくれを得たことから、咲にすべてを依存するようになっていく。

それにしても中学や高校のいじめ問題は根が深く、息苦しい。特に女子生徒のそれは、男子と比べものにならないくらい、じつにややこしく面倒くさい。お弁当を食べるのも、トイレに行くのもすべて行動を共にする。もし一人で行動した場合、残っていた仲間が自分の悪口を言っているのではないかなどと思ってしまうらしい。しかも今の時代は携帯電話のメールや、スマートフォンのラインなど、どこにいても繋《つな》がることができるコミュニケーションツールから逃れることができない。世界は学校だけではない、逃げ場は至る所にあるという大人の理屈は、当事者となった少女たちには通用しないのだろう。

もっともブラックバイトやブラック企業が横行する現代では、その場所だけが世界のすべてだという観念に囚《とら》われてしまう大人も増えているのだろう。

容姿はもちろん成績も優秀で、うわべの態度も良い咲は、いわゆるスクール・カーストの最上位に位置する存在である。ボスである咲、彼女の崇拝者であり信者である真帆。そんな二人の間に身を置いたことから加奈の辛《つら》い日々が始まり、やがて悲劇へと繋がっていく。

もう一人の重要人物が、心理学の教授である小沢早苗である。彼女は人の気持ちを察したり、場の空気を読むこと、あるいは曖昧《あいまい》な発言に含まれるニュアンスを理解するなど、誰もが持っている他人とのコミュニケーション能力が欠如した女性である。嘘をつくことができず、人の冗談や慣用句的な言い回しも理解することができない。それゆえ幼いころから、母親を始めとした他人とのトラブルをくり返してきた。理知的な彼女は専門書などを読み、自分はアスペルガー症候群や高機能自閉症ではないかと疑う。原因さえわかれば彼女の悩みも少しは軽減したのかもしれない。だが脳機能検査の結果は陰性だった。自分の特異性に原因を見いだせない早苗は、研究に没頭することと、人間関係を最小限に止《とど》めることを自衛手段にしているのだ。早苗は安藤の母に依頼され、生きる気力を失った安藤を見舞うついでに食事を運ぶ。人生に絶望した安藤と、自分の特異性に悩む早苗との交流が、暗鬱《あんうつ》なストーリーに変化と不思議な彩りを添えているのだ。

後半は、加奈の死の真相に気づいた安藤の復讐《ふくしゅう》への思いが前面に押し出され、サスペンスにあふれた物語が展開されていく。最愛の娘を失った男の復讐劇がどんな結果を生みだすのか。芦沢央の新人離れしたストーリーテリングを堪能《たんのう》されたい。

なお本作品は内野《うちの》聖陽《せいよう》主演による映画化が進行中で、二〇一五年に公開されるという。第十三回全日本国民的美少女コンテストでグランプリを受賞した、吉本実憂《よしもとみゆ》が木場咲を演じるのも話題の一つだ。

芦沢央は現時点で他に二作品を上梓《じょうし》している。仲間の輪に入れない子育て中の女性と、夫の不実に悩む不妊治療中の女性。強く結びつき依存し合う二人の行動が破局を呼ぶ作品が『悪いものが、来ませんように』(二〇一三年、角川書店)である。本書と同じように、息詰まる筆致で描かれた先に、すれっからしの読者でも驚くような結末が待っている傑作ミステリーだ。

もう一作の『今だけのあの子』(二〇一四年、東京創元社)は、さまざまな年代の女性たちの、友情の裏に隠された思いを描いた連作集である。やはり本書のように、女子特有の人間関係がクローズアップされていく中で、意外な展開が用意されている。また各編が微妙にリンクして、思わぬ風景が浮かび上がってくるところも読みどころである。

デビューから三年で三作。決して多い作品数とはいえないし、知名度もまだまだではあるが、作品に対する評価は極めて高い。芦沢央という名が、ミステリー界の新たな有名ブランド名になる日は近いはずだ。

さらに嬉《うれ》しいニュースが入ってきた。「許されようとは思いません」(新潮社「小説新潮」二〇一四年十一月号掲載)が、第六十八回日本推理作家協会賞短編部門の候補作としてノミネートされたのだ。祖母が暮らしていた閉鎖的な村にやってきた男とその恋人が、生前の祖母が犯したある事件に隠されていた真意と意図に気づくという作品だ。

今年は芦沢央にとって飛躍の年になるのではないか。

本書は、二〇一二年八月に小社より刊行された
単行本を修正のうえ文庫化したものです。

罪《つみ》の余《よ》白《はく》

芦沢《あしざわ》 央《よう》

平成27年 4月25日 初版発行

発行者●堀内大示

発行所●株式会社KADOKAWA
〒102-8177 東京都千代田区富士見2-13-3
電話 03-3238-8521（営業）
http://www.kadokawa.co.jp/

編集●角川書店
〒102-8078 東京都千代田区富士見1-8-19
電話 03-3238-8555（編集部）

角川文庫 19118

印刷所●旭印刷株式会社 製本所●株式会社ビルディング・ブックセンター

表紙画●和田三造

ISBN978-4-04-102387-7 C0193

角川文庫発刊に際して

角川源義

第二次世界大戦の敗北は、軍事力の敗北であった以上に、私たちの若い文化力の敗退であった。私たちの文化が戦争に対して如何に無力であり、単なるあだ花に過ぎなかったかを、私たちは身を以て体験し痛感した。西洋近代文化の摂取にとって、明治以後八十年の歳月は決して短かすぎたとは言えない。にもかかわらず、近代文化の伝統を確立し、自由な批判と柔軟な良識に富む文化層として自らを形成することに私たちは失敗して来た。そしてこれは、各層への文化の普及滲透を任務とする出版人の責任でもあった。

一九四五年以来、私たちは再び振出しに戻り、第一歩から踏み出すことを余儀なくされた。これは大きな不幸ではあるが、反面、これまでの混沌・未熟・歪曲の中にあった我が国の文化に秩序と確たる基礎を齎らすためには絶好の機会でもある。角川書店は、このような祖国の文化的危機にあたり、微力をも顧みず再建の礎石たるべき抱負と決意とをもって出発したが、ここに創立以来の念願を果すべく角川文庫を発刊する。これまで刊行されたあらゆる全集叢書文庫類の長所と短所とを検討し、古今東西の不朽の典籍を、良心的編集のもとに、廉価に、そして書架にふさわしい美本として、多くのひとびとに提供しようとする。しかし私たちは徒らに百科全書的な知識のジレッタントを作ることを目的とせず、あくまで祖国の文化に秩序と再建への道を示し、この文庫を角川書店の栄ある事業として、今後永久に継続発展せしめ、学芸と教養との殿堂として大成せんことを期したい。多くの読書子の愛情ある忠言と支持とによって、この希望と抱負とを完遂せしめられんことを願う。

一九四九年五月三日

角川文庫ベストセラー

朱色の研究
有栖川有栖

臨床犯罪学者・火村英生はゼミの教え子から2年前の未解決事件の調査を依頼されるが、動き出した途端、新たな殺人が発生。火村と推理作家・有栖川有栖が奇抜なトリックに挑む本格ミステリ。

ジュリエットの悲鳴
有栖川有栖

人気絶頂のロックシンガーの一曲に、女性の悲鳴が混じっているという不気味な噂。その悲鳴には切ない恋の物語が隠されていた。表題作のほか、日常の周辺に潜む暗闇、人間の危うさを描く名作を所収。

名探偵だって恋をする
伊与原 新、椹野道流、古野まほろ、宮内悠介、森 晶麿

事故で演奏できなくなったチェリストは、時空を超えたある空間で、天上の音を奏でる少年と出会う(「空蜘蛛」)など、新鋭作家たちが描く謎とキャラクターの饗宴!

いつか、虹の向こうへ
伊岡 瞬

尾木遼平、46歳、元刑事。職も家族も失った彼に残されたのは、3人の居候との奇妙な同居生活だけだ。家出中の少女と出会ったことがきっかけで、殺人事件に巻き込まれ……第25回横溝正史ミステリ大賞受賞作。

145gの孤独
伊岡 瞬

プロ野球投手の倉沢は、試合中の死球事故が原因で現役を引退した。その後彼が始めた仕事「付き添い屋」には、奇妙な依頼客が次々と訪れて……情感豊かな筆致で綴り上げた、ハートウォーミング・ミステリ。

角川文庫ベストセラー

瑠璃の雫　伊岡　瞬

深い喪失感を抱える少女・美緒。謎めいた過去を持つ老人・丈太郎。世代を超えた二人は互いに何かを見いだそうとした……家族とは何か。赦しとは何か。感涙必至のミステリ巨編。

教室に雨は降らない　伊岡　瞬

森島巧は小学校で臨時教師として働き始めた23歳だ。音大を卒業するも、流されるように教員の道に進んでしまう。腰掛け気分で働いていたが、学校で起こる様々な問題に巻き込まれ……傑作青春ミステリ。

お台場アイランドベイビー　伊与原　新

日本を壊滅寸前にした震災から4年後、刑事崩れのアウトロー巽は不思議な少年・丈太と出会う。彼の出生の謎、消える子供達、財宝伝説——全ての答えがお台場にあると知った二人は潜入を試みるが——!?

リケジョ！　伊与原　新

貧乏大学院生で人見知りの律は、不本意ながら成金令嬢・理緒の家庭教師をすることに。科学大好き小学生の理緒は律を「教授」と呼んで慕ってくる……無類に楽しい、理系乙女ミステリシリーズ誕生!!

ユージニア　恩田　陸

あの夏、白い百日紅の記憶。死の使いは、静かに街を滅ぼした。旧家で起きた、大量毒殺事件。未解決となったあの事件、真相はいったいどこにあったのだろうか。数々の証言で浮かび上がる、犯人の像は——。

角川文庫ベストセラー

夢違　恩田　陸

「何かが教室に侵入してきた」。小学校で頻発する、集団白昼夢。夢が記録されデータ化される時代、「夢判断」を手がける浩章のもとに、夢の解析依頼が入る。子供たちの悪夢は現実化するのか？

怪盗探偵山猫　神永　学

現代のねずみ小僧か、はたまた単なる盗人か⁉　痕跡を残さず窃盗を繰り返し、悪事を暴く謎の人物、その名は〝山猫〟。神出鬼没の怪盗の活躍を爽快に描く、超絶サスペンス・エンタテインメント。

怪盗探偵山猫　虚像のウロボロス　神永　学

天才ハッカー〈魔王〉が偶然手に入れた携帯番号は、悪事に天誅を下す謎の集団〈ウロボロス〉につながっていた。〈魔王〉と〈ウロボロス〉、そして〈山猫〉、三つ巴の戦いが始まる。最後に生き残る正義とは？

青の炎　貴志祐介

秀一は湘南の高校に通う17歳。女手一つで家計を担う母と素直で明るい妹の三人暮らし。その平和な生活を乱す闖入者がいた。警察も法律も及ばず話し合いも成立しない相手を秀一は自ら殺害することを決意する。

硝子のハンマー　貴志祐介

日曜の昼下がり、株式上場を目前に、出社を余儀なくされた介護会社の役員たち。厳重なセキュリティ網を破り、自室で社長は撲殺された。凶器は？　殺害方法は？　推理作家協会賞に輝く本格ミステリ。

角川文庫ベストセラー

ファントム・ピークス　北林一光

長野県安曇野。半年前に失踪した妻の頭蓋骨が見つかる。しかしあれほど用心深かった妻がなぜ山で遭難？　数日後妻と同じような若い女性の行方不明事件が起きる。それは恐るべき、惨劇の始まりだった。

サイレント・ブラッド　北林一光

失踪した父の行方を訪ね大学生の一成は、長野県大町市にやってきた。深雪という女子大生と知り合い一緒に父の足取りを追うが、そこには意外な父の秘密が隠されていた！

女神記　桐野夏生

遙か南の島、代々続く巫女の家に生まれた姉妹。大巫女となり、跡継ぎの娘を産む使命の姉、陰を背負う宿命の妹。禁忌を破り恋に落ちた妹は、男と二人、けして入ってはならない北の聖地に足を踏み入れた。

緑の毒　桐野夏生

妻あり子なし、39歳、開業医。趣味、ヴィンテージ・スニーカー。連続レイプ犯。水曜の夜ごと川辺は暗い衝動に突き動かされる。救急救命医と浮気する妻に対する嫉妬。邪悪な心が、無関心に付け込む時――。

散りしかたみに　近藤史恵

歌舞伎座での公演中、芝居とは無関係の部分で必ず桜の花びらが散る。誰が、何のために、どうやってこの花びらを降らせているのか？　一枚の花びらから、梨園の中で隠されてきた哀しい事実が明らかになる――。

角川文庫ベストセラー

ミスティー・レイン　柴田よしき

恋に破れ仕事も失った茉莉緒は若手俳優の雨森海と出会い、彼が所属する芸能プロダクションへ再就職することに。だが、そのさなか殺人事件が発生。彼女は嫌疑をかけられた海を守るために真相を追うが……。

聖なる黒夜　(上)(下)　柴田よしき

広域暴力団の大幹部が殺された。容疑者の一人は美しき男妾あがりの男……それが十年ぶりに麻生の前に現れた山内の姿だった。事件を追う麻生は次第に暗い闇へと堕ちていく。圧倒的支持を受ける究極の魂の物語。

私立探偵・麻生龍太郎　柴田よしき

警察を辞めた麻生龍太郎は、私立探偵として新たな道を歩み始めた。だが、彼の元には切実な依頼と事件が舞いこんでくる……名作『聖なる黒夜』の〝その後〟を描いた、心揺さぶる連作ミステリ！

ふちなしのかがみ　辻村深月

冬也に一目惚れした加奈子は、恋の行方を知りたくて禁断の占いに手を出してしまう。鏡の前に蠟燭を並べ、向こうを見ると――子どもの頃、誰もが覗き込んだ異界への扉を、青春ミステリの旗手が鮮やかに描く。

本日は大安なり　辻村深月

企みを胸に秘めた美人双子姉妹、プランナーを困らせるクレーマー新婦、新婦に重大な事実を告げられないまま、結婚式当日を迎えた新郎……。人気結婚式場の一日を舞台に人生の悲喜こもごもをすくい取る。

角川文庫ベストセラー

消失グラデーション　長沢　樹

とある高校のバスケ部員椎名康は、屋上から転落した少女に出くわす。しかし、少女は忽然と姿を消した!? 開かれた空間で起こった目撃者不在の〝少女消失〟事件の謎。審査員を驚愕させた横溝賞大賞受賞作。

緩やかな反転　新津きよみ

最後に覚えているのは、訪問者を玄関に招じ入れたこと。次に気付いたとき、亜紀子は野球のバットを握り、床に倒れた自分を見下ろしていた。入れかわった二人の女性の人生を描きだすサスペンスミステリ。

トライアングル　新津きよみ

郷田亮二は駆け出しの刑事。小学生の頃に同級生・佐智絵が殺され、その事件が時効を迎えたのをきっかけに、刑事の道を歩む決意をした。しかし二十年の時を経て、死んだはずの佐智絵が亮二の前に現れて……。

ダブル・イニシャル　新津きよみ

左手首を持ち去られる猟奇的な方法で殺害された安藤亜衣理。彼女に続きII、KKとイニシャルが連続する女性ばかりを狙った連続殺人事件が起きる。幸せな結婚を脅かす犯人の狙いに迫るサスペンスミステリ。

聖家族のランチ　林　真理子

大手都市銀行に勤務するエリートサラリーマンの夫、美貌の料理研究家として脚光を浴びる妻、母のアシスタントを務める長女に、進学校に通う長男。その幸せな家庭の裏で、四人がそれぞれ抱える〝秘密〟とは。

角川文庫ベストセラー